读行者

从阅读走进现实

knowledge·power

knowledge-power

读行者

让『死』活下去

【插图纪念版】

陈希米◎著

湖南文艺出版社 HUNAN LITERATURE AND ART PUBLISHING HOUSE
博集天卷 CS-BOOKY

其实他和她相差十岁，这一张是电脑时代的功劳，让他们青梅竹马。　（史铁生、陈希米制作）

他坐在轮椅上拍的自家门前天上的树。　（史铁生摄）

除你以外，在天上，我还有谁呢？除你以外，在地上，我也无爱慕。

——**《旧约·诗篇》**

一

谁也不知道那一天会是最后一天。那个星期四，直到最后我也没有任何预感，你会离开我。在救护车上，你对我说的最后一句话是：“我没事。”

我在下班路上接到你给我的最后一个电话。五点半我们还在家，你说：“今天全赖我。”我知道，你是指上午透析前我们为护腰粘钩设计是否合理的争执，你的坏脾气又上来了。或许是因为这个导致了出血。都叫了救护车，我仍然没有感觉，还在犹豫去不去，我想这么冷的天去医院，别得不偿失给你弄出感冒。

在医院，知道了是颅内大面积出血，我没有听立哲的话做开颅手术，很快就决定放弃。我冷静得出奇，史岚也没有丝毫的不理解，我们非常一致。

在你进了手术室等待做器官移植之后——事实上，已经意味着永远没有了你。我居然还可以跟别人大声说话——几个月之后，我很难做到，就是必须，之后生理上非常难受。

那一天是最后一天，是2010年的最后一天。你不再管我，自己走了。

你做得滴水不漏：最后一天离开；嘎巴死；顺利捐献器官——几乎不可思议，凌锋大夫夸赞的角膜和心脏不能用，却用上了肝脏（多亏任老师治好了你的肝脏！）。之后第四天是你的六十岁生日，我们跟你聚会，试图使你“卷土重来”。

我不知道什么是死，一丁点都不知道，忙碌了几天，不睡觉也不困，甚至也不那么痛苦。

下雪了，今天是周四，透析的日子，这么多年我们都是一、三、五，刚改成二、四、六，还不习惯呢。老田会来接你，想到老田接你，我心里踏实。真的，多亏有了老田，真是帮了我们大忙，对，还有老蔡、律师，就是你说的那“三座大山”，可以依靠的大山，真的，我有时真想依赖他们。雪很好看，你一定又想到院子里去拍照。我的车改三轮之后安全多了，不怕下雪，还是你说得对，这车是真该买。我会当心，一到社里就会给你短信。

你在哪儿？

我们说过无数次的死，终于来了？我终于走进了你死了的日子？

别人都说，你死了。

上帝忙完，创造了世界，就到了第七天。

到第七天，我第一次有梦，并且梦见了你。

你说你没生病，是骗他们的，你说，咱俩把他们都骗了。

你是说你没死？你骗他们的，我也知道你没死？咱俩一起骗的他们？

咱们俩，怎么会分开？当然不会是真的。你老研究死，你不过是想看看死究竟是怎么回事，所以你就开了个玩笑？不管怎么样，我总是知道的，你骗人，我肯定会发现，我不发现你也会告诉我。所以，是我们俩一起骗了大伙。

这个梦什么意思？或许，真是一场骗局，我是在梦里做梦？只要醒来，就没事了？

我们一见面，就迅速地去了外婆桥，那桥很高，好像从来没有这么高。真的去了。你是想要告诉我，我们今后就在外婆桥上见？

我怎么知道你到底想怎样？我就天天盼着去外婆桥，天天盼着再醒来。在梦里，没有时间，千年也是瞬间，对吗？

可是，瞬间也是千年啊。

邢仪记得你的话：**我们等着吧，等我们走到那儿，就会知道那边是什么，反正不是无，放心吧，没有"没有"的地方。**我一听就知道她一个字也没记错，是你说的。

陈雷拿来好多好多纸，烧了好久好久，一定要把它们烧"没"。让它们"没有"，才能去"没有"的地方。他迷信。你不回来，我只能跟着他们烧，我什么感觉也没有。你有吗？

选骨灰盒，他们七嘴八舌的。他们有很多建议。

我不认真听，扭头就要问你，才知道，与你已经无关。

你死了，是真的。

樊建川在热烈地说着死，他说他死了就把博物馆捐了，他说他怕不知道哪天就出事，就死了，所以要抓紧干事，把想干的事情尽量地去做，他说他不怕死，他死了之后什么都不要……——就是说，确实有死这种事，樊建川也会死，一汽车的人，对他说的都没有疑义，这充分说明死的确凿。在这世上，确实有死。你现在，就是被人们认为死了，我正在经历你跟我说过无数次的你的死？什么意思？到底是什么意思？我会突然醒来吗？醒来就是我也死了吗？死究竟是什么？

看不见，摸不着，这些太浅薄。

看不见！摸不着！永远！没有什么比这更残酷。但是仍然浅薄。

什么是你呢？看见是你？摸着是你？听见是你？

你的意志，你的思绪，你的愿望，你的态度，你的目光，都在。你不在？

但不能跟你说话！这是可怕的，这是死！

要是我确凿地知道你对每一件事情的看法呢？几乎确凿。

要是我想问你，问你怎么办，问你对又一件事情的看法，你不理我，仿佛没有听见，这就是死？

你在哪儿？一件不可思议的事情。

你与我们之间隔着无限？你即便在，在无限的那边，对我又有什么意义？！

一切都是骗人，死，就是绝望。

死，谈也谈不出，想也想不出。想念死人，是世界上最最残忍的。

何东说，走在街上，看见一个人，仿佛是你，就追上去……

我也走在街上，对自己说，不会的，真的不会，他哪儿都不在，他不可能出现，再像他的人也不会是他。他死了，世界上确实有死这回事，这所有的人都知道。我不怀疑，我知道。但我还是想，他在哪儿，我活在的这个世界，是哪儿。我不理解这件事。每天，我都要反复告诉自己，真的发生了，这样的事在这个世界上无比正常。特别是听到别人的死，证明了确实有死这样的事。既然这样，他也会遭遇这样的事。这符合逻辑。

我在经历你的死，是真的，可一点都没法理解。它到底是什么？明明你在，我天天都和你说话，每时每刻都知道你只是不在，不在身边，不在家，不在街上。但是你在的！要不然什么是我呢？我的整个身心都充满了你，你不可能不在。但是你在哪儿？！

每天，在路上，在路上是我们在一起的时候，没有人会插进来，没有人会打搅我们，我慢慢地开，我不着急去上班，不着急去任何地方，你似乎就在我上面，一直陪我……

我一个人在街上。

小庄往南，有一条新路，我们俩曾经走过……我看见你穿着那件蓝色冲锋服，开着电动轮椅在前面，一个蓝色的影子，一直在前面，恍恍惚惚，慢慢悠悠，就是永远，永远都不等我，不和我在一起。

街上几乎没有人，只有凛冽的风。

我一个人在街上，不知道过了多久……

是啊，不知道过了多久，你自己一个人，摇着那辆手摇轮椅不知道走了多远，不知道过了多长时间，天都快黑了，撞见了下班回家的刘瑞虎，他惊异地向你喊：铁生你知道你跑到什么地方了吗？！

什么地方有什么重要，我知道你心里想的是：摇死吧，看看能不能走出这个世界……

那一年，那个时候，是你失恋的日子。你抽着烟，慢慢地跟我讲着过去的事。我却哭得停不下来。我知道，你心里的苦，不能用眼泪，也不能在屋子里；也许这世界是有尽头的，不管是用脚走，还是用破车摇。我问你，你那时自己哭吗？你说，是绝望。绝望不是一种哭的感觉。我也懂过的，我忘记了。

刘瑞虎什么都没问，推着你进了小饭馆。你们不说什么。你们心里都明白。你们是男人。

我现在一个人在外面，是不是也想要走出这个世界？这个世界多空旷，冷得让人受不了，不管你做什么，世界都岿然不动。你为什么也这么冷漠，不管过多久，过多久你也不会回来，不会停下来等我。

一个人死了，另一个人是不应该活的。因为人是通过“对象”而存在的，通过“你”才会有“我”！

你说，没有“我死了”这回事，也没有“你死了”这回事，只有“他死了”存在。对你来说，没有死，只有史铁生会死，你的“我”永在。对我来说，你的“我”不死，不一定与我有关。但史铁生不死——因为我还在，因为史铁生是我的“你”——

没有“你死了”这回事。

没有“你”，就没有“我”，“我”因为有“你”才能命名，否则“我”是谁？鲁滨孙岛上不需要“我”这个词。我的存在和显现要靠你，反过来对你也一样。一个人漫长的生命里，“你”也许不是一个人，不止一个人。但同一时刻，只有一个人。而我们——我与你，几乎活成了稳定和唯一的一对，在我的生命里，只要还以你为坐标，只要还以史铁生作为我的“你”，史铁生就还在，饱满地在。

当称呼史铁生为“他”的时候，他就死了。他会变成另一个人吗？按你的说法，应该是，那我想念的是史铁生，不是他，他还在走他自己的“我”的路，他不再关心他自己曾经的“史铁生之路”，所以，他死了——他死了，史铁生说过，只有“他死了”这回事，此外没有别的死。对我们——这个世界的人，作为每个人的“他”，对每个人毫无意义。但当他一旦变成我的“你”，意义就产生了，因此，你是“我”永远的史铁生，“我”也在同一时刻“生成”、存在——这就是“我与你”。什么时候你变成了我的“他”，你就死了。

这样的理论你我早就懂，但此刻对我一无用处。

你说：“我死了，你还活着。”

我说："你死了，我还活着。"

你与我，可以混淆。但意义总是，你我分离。一种绝对。那种绝望没有力量，无论是奋起击碎，还是堕落潦倒，都不是它的可能（方向）。那种绝望甚至没有势能。

小狄肯定地说，人有来世，是轮回。冯老师说，你在那边很忙。我知道这些都无法考证。但禁不住总是想，你在忙什么？那边是哪边？

也许，死，就是被烧掉了，烧成了灰。就像桌椅板凳。灰，是确凿的！

然而，毫无疑问人与桌椅板凳不同。但效果一样，一样看不见摸不着；一样可以想象模样，重现亲切。只是，桌椅板凳以前就不说话，就不表情不呼应。但死、灰，都意味着丧失全部的功能。对桌椅板凳的爱因为是单向的，过去和今天的不同就不可怕。

而人与桌椅板凳之最大的不同在于，人是生长，是变化、生成，是运动，是互为存在，是过程。死，就是不再生长。不再有新的念头、动作、表情，也不再重复……（那尼采说的"永恒复返"是什么？是"我"的延续，是表情、态度和动作的延续，在另一个生命那里的延续，是属于人类的？）所以，不是你在，而是我在，你在我之中“在”，你在所有想你的人中“在”，成为他们的在的一部分。成为我的养料，成为想念你的人的一部分生命，你就延续了，你就仍旧在！

死，就是不再生长了，不再有新的念头，新的表情，也不再重复——不，会重复，在我，在我们这里，在你，在他，不断地重复、重现——这是永恒复返？

死，只能遭遇，不能被理解。

死，是永远。

什么是永远？就是绝对？

从此我就将一个人，一个人决定一切，一个人做一切。你即使看见听见，也决不说一个字。你死了，就是决定永远袖手旁观。到底发生了什么？世界上每个人都会死？死了都是这样？每个人都必将要离开自己所爱的人？彻底离开，永远离开？！你们死去的人，会看见我们在世上的身影吗？会知道我们想念你们吗？会很着急要联络我们吗？你说过，你要给我发信号的，会尽一切力量去做，让我感知。可是我没有收到信息！

也许，我现在一个人待在家里总是异常安心，总是想一个人待在家里，是因为你也在？你说，“家就是你和我，没有别的，就是你和我在一起的时间和地点”。是你在陪着我？我哪儿都不想去，就想在家里，也不想任何人来，就想一个人。我不明白为什么人都想活着，要是死意味着与你相聚，为什么不可以选择死？死，一定是一件不好的事吗？死一个人不好，一起死有什么不好？既然死并不是什么下地狱，我也不想上天堂。我只想能跟你在一起安安静静地说话，听你掏心掏肺，也跟你袒露一切。那才是人最好的生活。你说过，我们要爱得不同凡响！你说我们做到了吗？

我们是不是都已经填平了彼此心上的坑坑洼洼，爱的生命又在我们身上复活；我们是不是对着彼此就像对着上帝，什么也不隐瞒，又谦卑又虔诚；我们是不是活得又严肃又活泼，又努力又生动；我们是不是一直在进步，在爬山——我们的山比别人高吗？因为我们不断地爬它，上帝就让那山越来越高？尼采怎么说的？尼采说鸟儿飞得越高，就越看不见。跟鸟儿一样的，是“猎人”[①]，那是我们看到了的境界，虽然孤独，却向往。更高的山上、更远的天空、更深的林子，那儿的风景一定不一般。你说的，我们要像两个好孩子，永远赤诚，永远好奇，永远疑问，永远探索。

---

① 见史铁生的小小说《猎人》。

我们一直都在这样做，我们终于走到不同凡响了吗？

梦不见你！白天，几乎每时每刻都是你，每一处有过你的风景，每一条你走过的路，每一句你可能说的话，每一样你爱吃的东西，你厌恶的品格，你会欣喜的消息，你的影子，你的声音，你生气，你高兴……可是梦不到你！

昨天梦见了，居然是说，你差一点死，其实没死，我心里直后怕，想，幸亏没有火化，要不然太可怕了。我们是在一家医院里，但以前没去过，很陌生。还有小何也在，你没什么大病，医生说两天后就可以回家了，听不见或者记不得你说了什么，但那得意的表情似乎又在抓漏反唇相讥……梦很短。

你死了，这个信息太强烈。在梦里我都忘不了你死了……

你死了。你死以后发生的事情你会知道吗？朋友开过玩笑，说是你们俩没有过婚礼，六十岁上过一个隆重的生日，请好多好多人，要是像现在人家婚礼收份子钱，那得收多少？这种胡说八道，竟然……

你的六十岁生日，竟是葬礼！

你知道吗？你来了吗？那时候我还不知道发生了什么，

我甚至没有比别人更痛苦，只是忙碌，把你搁在一边。就像你还在一样，我凭着习惯，许多事也没有多想，就说了，就做了。现在想来，真是很危险，要是做错了什么，真是不可挽回。真要感谢陈雷，要不是他坚持，我快要撑不住了，就要妥协了。是他说，我们要坚决按照你的意愿办，你那么不喜欢遗体告别，那我们就坚决不搞。幸好，我们真的没有搞遗体告别（我们俩多少次在电视里看见那样的遗体告别，每看见一次就说一次：我们不要！），没有哀乐，今后，也将没有墓地。幸好，应该没有大错。是我们自己办的，是我们俩和朋友们，朋友们一起帮忙办的。我想你肯定愿意这样。也有朋友抱怨有官员来，说长长的官话，并为此半途离开。我仔细想，若是你在，你也不会拒绝“官员”，你是一个“老好人”，不是原则问题，你不会拒绝，何况他们是真心，我相信，这就足够了。你知道吗？你看见了吗？好多好多老朋友老同学都来了，友谊医院、中日友好医院、朝阳医院的大夫和护士们也来了，还有好多素不相识的读者，有比你年老许多的长者，也有年轻的新朋友……还有的远道而来……我将来慢慢数给你听。柳青给你订了一个巨大的蛋糕，铁凝给你拎来一大筐新鲜樱桃，曹谷溪还给你带来了陕北延河的泥土和水……

一个优雅的葬礼，一个不同凡响的生日聚会……你说过，你早已经死过多回，并必将以生日的名义卷土重来！你来了吗？

我像一个模仿激情的青年，去了地坛。我没有别的方式，我不知道我做些什么才能与你相关。虽然地坛不再荒芜，不再宁静，可那些大树还在，那些曾经长久地陪伴过你的大树还在，在初春的阳光里，安静从容。我仿佛看见你的身影，你开着电动轮椅一个人远远跑在前面，悠然得意，一会儿又迅速地转回来，告诉落在后面的我们，哪里又添了篱墙，哪里又铺了砖路……

在还没有搬家的时候，傍晚，我们也还是去地坛。你让我和一棵又一棵古树合影，告诉我从前这里的样子，我们慢慢地在这院子里走，心中平安如馨。你看照片上的我们，有初夏的阳光从后面过来，从西边，那差不多是夕阳了，你的那辆破车现在也不知去了哪里，那时候你还能自己上电瓶车呢。照片上的我，简直年轻极了，有人说我像你女儿，你有这么老吗？！那差不多是二十年前，二十一年前吧。那会儿刘瑞虎还没出国呢。这照片，很可能就是他照的。

一个念头又一次油然升起：我想把你的骨灰埋在地坛。没有碑，也没有墓志铭，没有痕迹，也不要什么人知道。那些大树，一直就这样坦然和安静，这样从容地走过无数个酷暑和寒冬，目睹人间的惨烈和无知。它们会活很久很久，几乎会永远活下去，它们或许不懂得什么是死，它们不知道你已经死了，它们只顾自己慢慢地活着；也或许它们什么都知道，只是认为什么都不必说出来。对人间发生的一切，它们从来不动声色。它们只是默默地和你在一起，永远在一起。你肯定喜欢这样的方式，真正的朋友的方式。

也或许，我们再去普林斯顿，去那片有萤火虫的草地，在草丛里埋一块方石，刻上你死去和重生的日子。我要你在那儿获得重生，就像我们曾经看到的那个捉萤火虫的孩子，你羡慕的孩子。那里虽然离我们家路途遥远，我不能常去看你，但我知道那儿空气清新、阳光充沛，普林斯顿小镇，多像你梦中的花园，你太应该待在那样的地方。你说过的，我们下一辈子会降生在那儿。一旦我收拾停当，我就去找你，一分钟也不会耽搁。

亭亭说她又去了福克纳的墓地，过一段时间，她总要去看他，去福克纳的墓地看看……，她寄来过照片的，福克纳的墓，和上面不知什么人摆放的鲜花（那样的鲜花常年有），没有特别的地方，因为福克纳，才会端详许久。她还说，她最想去的地方是丹麦，因为安徒生在那儿，安徒生的墓在那儿。她曾经一个人打着伞冒着大雨去纽约中央公园看安徒生的雕像。对着雕像，她大声地告诉他：安徒生你好！我来看你了，我一个人来的！

因为她喜欢福克纳，她喜欢安徒生。

我去了法兰克福，却没有去海德堡大学，没有去海德堡山顶墓园中的马克斯·韦伯夫妇墓。看到《三联生活周刊》上有一幅照片：海德堡山顶墓园中的马克斯·韦伯夫妇墓。文中描述：山林间寂静似太古，明媚的阳光披洒下来，一座座历经岁月侵蚀但却洁净得不沾半点尘埃的墓碑上摇动着柔美婆娑的树影。看韦伯的生卒：1864—1920，做一下减法，他才活了56岁！我又拿来与你相比（现在，任何人的死，我都会注意岁数，并与你比较）。再看玛丽安妮，1870—1954，再做减法，84岁，特别是，在韦伯死后又活了34年！去掉人成长的阶段，一个人一生真正自主、清醒的年头，34年，几乎又是一生！我不知道上帝还要我活多久，还要我做什么，34年，超过了我们在一起度过的年头！34年！分别的日子未免太漫长！

约翰·伯格写的《日内瓦》，他和妹妹拜访博尔赫斯之墓。

墓碑上写着：他死于 1986 年 6 月 14 日（恰好在他死去整整 3 年，是我们结婚证上的日子，那个绝不因为我们结婚而难忘的初夏）。墓碑正面刻着：切勿恐惧；背面刻着：他拿过格兰特神剑，把出鞘的剑搁在他们之间。（这里面有他们相爱相知的故事。）

教堂后面的墓园，我第一次看见就喜欢上了，那是我们心目中的墓地——神圣的墓地。在那里，那些逝去的人的故事，又远又慢，融在静谧与安宁里，被一直传下去。

还有在电影里看到的阳光下一望无际的将士墓园，是最晴朗美丽的，给人一种豪迈的欣慰。

那样的墓园会使人产生想象，与尘俗生活无关的想象。

忽然有一点向往，向往我和你也会有一座墓，我会精心设计，让她简朴又寓意深刻。不要高，要低；不要大，要小。但要刻上你的墓志铭：我轻轻地走，正如我轻轻地来；以及我的：下一世我还将顺水漂来。

向往一座墓，是为了不朽？

是为了看见有一天（就像亭亭会冒雨赶赴安徒生的雕像

前，会常常去给福克纳的墓献上一束花），有一个热爱和理解你的人，不管这个人在未来哪一世出生，与你隔着多少年月，不管他是老还是年轻，他因为能在你的墓前待一会儿而感到安慰，因为读你的书，而跟你隔着世纪对话；有一个人，从遥远的地方来，只为了来看看你……那样的墓地必是像我今世在异国他乡看到的，在鲜绿的草地上，有鲜花点点，一定有明媚的阳光，有情侣在亲吻，有老人在散步，听得见教堂的钟声……

还可能会有情侣来看我们俩。因为他们相信古老的爱情，因为他们如此相爱，也想要我们的见证；或者，他们遭遇了不幸，就像我现在失去了你，他或她，想在我们这儿待一待，要是我们能给他们安慰，要是我们能陪一陪他们……

我们没有那么伟大。你不是韦伯，也不是福克纳。可我真的愿意想象那景象，绿草丛中，或者树林里，一座一座墓碑庄严、安宁，充沛的阳光给墓地满满的生气，一幅人间美景，一幅画，那画面里有我们。想象我们俩的墓，朴素得找不见，又典雅得难忘。那是我们永远在一起的象征。我想永远和你在一起，你肯定也想。

但你说过的，我们不管那形式，我们不论怎样都在一起，“在天在地，永不相忘”。

我知道，我不会真的去做。

但是，你还写过复杂的必要。你懂得要有一种形式，否则哀思无以寄托。可你又说我们不必，我们都明白，我们来世还会相互找到……你对我的要求太高了。现在我被思念笼罩，失去了理智。我不知道我能做什么，又到哪里去找你?！我到了地坛，却分明感到你不在！我打车到了飞机场，却不能去普林斯顿！我要有一个意味。我要有一个形式。我要“想”你。我必须自己走完这一世剩下的路，我得有一个坐标，有一种语言，否则我会迷路。

不，我们说好的，我们不要墓地。你说过的，你说，只要想到你，无论在何处，就都是你的墓地，你就在那儿，在每一处，在我们想你的地方。

二

对那些为你做雕像、做纪念会、做书的人，我唯一想说的，就是两个字：谢谢！这两个字真诚由衷。但却如此不丰富，如此简陋，除了谢谢，再没有任何其他，空空如也！谁能理解这一点。我感到了，却不能抓住什么。

别人要为你举办朗诵会，出纪念文集，搞纪念演出，都是好意，毫无疑问。

可我为什么不想去？非常不想。

你说，你要诚实地先问问自己。

一想到和那么多人说话，我就害怕。我不知道我应该怎样，或者事实上会怎样。人们觉得，搞活动是有庆典的意思，应该轻松高兴。他们已经能坦然地谈笑风生，说你，说你的名字、你的故事，我却越来越脆弱，这会让别人尴尬。我现在才特别理解冯老师，我不比冯老师强到哪里。

我不知道怎样回答别人的关心，我不想说我很好，也不想说我不好。我不想被关注，不想说话，一句话、一个字也不想说。要是能够不说话，也许，我愿意待在远处。

有朋友说，坦然点，别人都是自自然然，你就自然点……

自然点，就是不刻意、不做作，照着心做。我不想说话，心里最大的愿望就是不要说话，这又有违常情。我不能照着我的心，也不能伤别人的心。纠结怎么坦然？我不自然就是我的自然。

当然，还有媒体，还怕媒体。那是能躲就绝对要躲的。这个简单。

还有吗？

还有。还怕别人误以为是我在热衷这些事情，是我在张罗。还怕被现场“胁迫”，糊里糊涂做了事后想起来不愿意做的事。

是的，我很在意，不愿意让别人以为我想为你张扬，甚至自己出风头。

“别人以为”，就是说，实际上我们不是人家“以为”的那样。那是不是可以不理睬，不考虑，不在乎？有一种说法是，一切都可以不在乎，只要自己内心是真诚的。

这听起来有理，其实可能有问题。

那我们在乎什么？我们是人，就是我们“在乎”我们是什么样的人，我们之所以“审慎”“节制”，而不随欲而纵，是因为我们“做”的是人。我们是不是鸭子，就看我们是不是像鸭子一样走路。我们也有“不在乎”的时候，就是牺牲名誉的时候，那是因为我们可能有一个更重要的目的（比如为了赢得一场战争）。如果有更重要的事情，比我们在乎名誉更要紧，那我们甘愿被误解。否则为什么？！

就像我们穿漂亮整洁的衣服，既是为自己，也是尊重别人。我们行事审慎，爱护名誉，既是为自己，也是在遵循和弘扬我们的理念和理想。

何老师说，要做自己，不做史铁生老婆。我倒不以为然。就是史铁生老婆，但不是没有头脑的老婆，是配得上他的老婆。

还不能忘记的是：人对别人，会情不自禁地苛刻。不要寄望于别人的理解。

现在清楚了，第一自己不愿意去；第二去了还可能造成误解。那肯定不去。很简单。

那为什么纠结、矛盾？

只有一个原因，就是怕伤了朋友们的心。他们爱你，他们真心实意。在他们的概念里，我不去是太不合情理了，甚至有轻视他们的感情的意思。

有时我犹豫到最后一刻，还是恐惧，终于没有去。

可是你说过，你说是这些朋友在你最困难的日子里帮你，帮我们，凑钱给你买轮椅，帮我们修坡道，送我们去医院……这些事我们不能忘，我们得永远记着。

我记着你的话，我会去。

三

最可怕的不是流泪。不是眼泪，是沮丧，极度的沮丧，那种尖锐的对活着的恐惧。幸好是尖锐的一阵，会过去，没有人受得了这种持续的沮丧。那些抑郁症患者之所以会自杀，一定就是在经历这样的沮丧。这样的心境你想回忆都不行，回忆不出来，只知道应该用最极端的词汇来说它，肯定不过分，但是仍然说不准。它突然就会来，特别是在早晨，在醒来的时候，在“生活”开始的那一刻。

那种痛苦，或者是恍惚，那种极度的不适，抓不住，不像笼罩，可能是凝固。你没法掐，也没法撞，不知道在哪里，又到处都在，无时无刻不在，你好像在这个世界之外，看到别人的热情，有点好笑，不理解；又似乎把这种不适当宝贝，想一直沉溺下去，想一个人走——如果可以走出这个世界，也不是很明确要走到另一个世界，也不是，就是想一种姿势，有一种力量让你不开口，像一种诱惑，给人依赖感，靠着它就可以一直坐，一直走，或者一直开（车），不要停下来，不要停下来和别人说话，不要起身做别的事，没有什么事值得去做，一直一直，这样就还这样，没有力气，也绝不希望改变……

那种沮丧让你喘不过气，把你最后一点活气、最后一点欲望也杀掉。那种日子，连末日也不是，连死的动力也没有。

想死，终究还是有希望。自杀，其实多数是抱着希望，有的人为了让恋人后悔，有的人要做出骨气，有的人想见到死者……有的人想逃离这个世界——逃到哪儿？他必定还以为有一个地方是值得逃去的。而真正无望的人，是浑浑噩噩，是没有灵魂的飘荡的死人。活人才去死。死人不去死。没有了灵魂的人，压根就不知道有灵魂这回事也好，最可怕的，是自己知道没有了灵魂的人，就是那些郁闷的人，沮丧的人，他们发现自己的灵魂丢了，他们没了欲望。作为人，有欲望是他们的特征，而这些人，是活着的死人，是什么也抓不住的空中的死人。他们的欲望就是想有欲望，想去死也好，只要有欲望。想有欲望——这是所有欲望里最难的，是欲望最大的幸与不幸。

这样的沮丧，怎么能来了还要再来？！

这样的沮丧，竟是可以写出来的吗？

我知道你经历过，我也经历过，我们在一起，就是为了让这样的时候再也不来，真的再也没有来过！

现在，我能把它写走吗？

在人间，你能做什么？要是像《神谕之夜》中的男主人公尼克一样，带一张信用卡去机场，从此杳无音信，令人向往。

读保罗·奥斯特，你会有一种冲动，想要做点什么，做点什么不同寻常的事，出轨的事。既然生活简直就是虚幻，为什么不大胆地试一下，当生活露出了它荒诞无聊的面目时，你真想砸碎它，看看它究竟是什么，究竟能怎样？

用荒诞驱逐荒诞。

为什么要循规蹈矩？所有的人，都一样。生活一直在和我们开玩笑，把我们弄得死去活来，我们还固执地以为它有规律，以为只要有目的地努力，就会如愿以偿。其实哪里是这么回事，上帝随时插手，如儿戏，人却在那里感慨，正像保罗说的，你无权感慨，就像耶和华说的，我创造世界的时候，你在哪里？“约伯无处伸冤，上帝拥有的是不承担责任的权能。”[①] 人没有资格抱怨，只有接受。听起来真残酷，人生就是残酷的，你碰到了你才知道这句大俗话在说什么。所以，你有时不得不同意及时行乐。人在不断的展望和被斩断中度过，斩断大大小小、层出不穷，有人说这样人生才丰富，这样的话能安慰人吗？

没有目的的行动，没有欲望在前面指引，是“出轨”。出轨，就是做出没有理性的事，就是妄图砸碎这个世界。最有意义的出轨，就是自杀，是真正可能达到目的的行为。除了死，你还能怎样砸碎它？！

尽管没有勇气也没有能力死，你还是想做点什么，砸碎它。带一张信用卡去机场是多么稳妥的出轨，比自杀容易得多。毫无理由地坐上任何一架航班，不联系任何人，任何亲戚，任何朋友。无非是花一点额外的金钱，做一件收支不平衡的事，哪里算得上“出轨”——如果你认为活着没有意义，就什么也不算。即使这样，我也怀疑自己会不会真的去做。

或者像尼克一样，去一个陌生的地方做一个陌生的人——一个没有想象力的人，连怎样“出轨”都想不出来！

---

① 引自汉密尔顿《上帝的代言人》。

出轨之后，能怎样？保罗·奥斯特笔下的可怕后果是想象出来的，现实的可能不是可怕，而是重蹈旧辙，还是逃不出那条轨道，一切还会回到旧的轨道上来。

开始所谓另一种人生？又还有哪一种人生与此不同？！

只有死，是真正的改变。

决绝的死，只有等待。

自杀不是可笑，是过分。对别人来说过分。

你知道我如此平庸。我都到了机场，可我还是什么也没做就回来了。是我勇气不够，还是性格使然，或者是那楼外墙上伸出的石质兽形滴水檐的兽头还没有从它的身体上挣脱，还没有掉下来？——我还要等待？那个“马耳他之鹰”的故事要在一个必然的时刻才能来到？就像你在《原罪·宿命》里写的那块茄子皮？

但无论怎样我都不能忘了，终于是你先死了。没有什么比得过这个！

除非一起遇难，或者一起自杀，要是必须留下一个人，必须一个人先死，那我们已经如愿。我没有丝毫理由再跟上帝讨价还价。

四

走在路上，过去抄的一句诗忽然冒出来："把自己的忧伤抱紧，不受人安慰是英勇的。"不禁哑然苦笑，那会儿真是年轻，需要诗来激励，痛苦甚至也是模仿。我现在一点也不想英勇，只是懂了，没有谁，没有任何什么能真正安慰你。最终别人都要回家，你自己也要回家。

一个人。

一个人的最大好处就是无论你在干什么都可以立即停下来，停下来发呆，停下来流泪，停下来什么也不做，让这个世界自己去转。我没有任何急着要做的事，这个世界对我来说已经没事了，我可以彻底休息。他已经去休息了，忙了一辈子，这会儿不知在哪儿游荡，把我扔在这儿，我也不干了，我想跟你一起去游荡，去普林斯顿，你是在那儿吗？看着街上的人，那些人，你在的时候他们也在，就是那些曾经和你在一条街上走过的人，曾经跟你在同一个水果摊买过水果的人，那些老头老太太，他们还在买水果，还在遛弯，在晒太阳，还在孜孜不倦地活着，有时我看他们会感到越来越远，他们是真的吗？发生了天大的事，可人们都无动于衷！这世界真不讲理！它不理会你，也不理会我。你早说过你是走错了地方，现在你终于被上帝想起，逃离了喧嚣和污浊，离开选错的地方，却留下了你选对的人，让她重又迷路。

他们都说你还在。

他们骗人。你也骗人。什么灵魂，什么消息，都是骗人的！你在哪里？！

死，是这个世界里唯一一桩绝对的事情，没有任何余地、任何可能。这就是死的含义？！

这个世界，你说过的，这个世界上有你还有我，可是现在只有我一个人了，你跑了！你去哪儿了？！你只是不在地球上吗？在哪儿？！

死是什么？死人了，该怎么办？

要是春暖花开了怎么办？春天一来，院子里的玉兰花会最先开，不管料峭的寒风还在刮，年年都这样，可是你那时还是不在！合欢树也会绿的，晓春他们种的合欢树还活着，到那时怎么办？你看不见！就像现在下了雪的院子里，没有你的身影，哪里都没有你！

他们都说你还在，他们过年才来看你，现在他们还没有来，所以他们说你在，在水碓子等他们来。

可是我每天都回家，你每天都不在！

每一样东西，每一个时辰，每一点每一滴都在说你不在！到处都是你，到处都没有你！你不在。别人告诉我你在我心里？！你说世界上还有什么比这句话真正叫我哭笑不得！我能说什么？！我下定决心，自己以后永远也不要去对别人说这样的傻话！

想一个人待着的愿望是如此强烈，这个家，是她的堡垒，不想任何人入侵。外面的一切都跟这儿无关，这个家就像与那个世界隔着。这里只有她，和他。

那时候，阿姨休息的日子，是他们俩独处的时光，吃完饭他们不洗碗也不去做事，就坐在那儿抽烟、说话，说话、抽烟。终于，甚至再忙他们也要试试，试试不用阿姨，仅仅为了他们可以有长长的独处的时光，为了只有他们两个人的自由。

现在，她不想见任何人。她不知道应该说什么。她最惦记的，时刻不忘的是他。但她不愿意跟别人说他，也不想听别人提他的名字。她怕一说话，人们就要跟她说起他，那不是她愿意的。她怕她忍不住自己。跟别人在一起，你就是不得不把他，把“死”丢在一边，要是长时间地与别人在一起，她就会觉得离开他太久了，就想要离开，想回家。在家里，和他在一起。长久地坐着，和他在一起。他们不说话，他们就这样坐着，想念彼此。那是她最想做的事。她每天都盼望回家，盼望这样的时刻。这样的长久的时间之后，她才有起身的力量，才能做他期望她做的事：吃饭洗澡，看书写字。

因为“时间是无限的，因此不存在太晚的问题”，晚睡不要紧，早起更不重要，“一切都是无限的，或者是不确定的，所以也等于是无限的……”[①]世界上没有什么紧急的事情要你去做，因为没有什么事从根本上有意义——因为时间是无限的，一切都是无限的，我们所做的一切对于无限来说都是零。所

---

① 引自卡夫卡日记。

以，所有的事情，就让它们都一边搁着吧，卡夫卡想看吸引自己的书，她只愿意想他。于是就想他，什么也不做，什么也不说。

她还需要做什么呢？她在这个世界上已经没事了，连他也走了，不做了，他这么努力的人都放弃了，她还做什么呢？！

现在她没有愿望，想不出一个愿望。要是能有一个，她也好行动，去竭尽全力，哪怕不顾一切也行。她现在过的，就是伍迪·艾伦说的“更加悲惨的生活”[①]——不过是两种生活中的一种而已。

想一个人，就一个人。

无论什么人，都可以问：你好吗？她不想回答。

她不接受温暖的问候。她无法忍受一点点亲密，必须坚决拒绝任何人任何亲密的表达。

亲密是一种伤害？在他死后，她对亲密，在他之外的亲密，有一种生理的恐惧。

那亲密是对她最大的侵入，就像进入了他和她的领地。

---

① 伍迪·艾伦曾经说过（大意），世上只有两种生活，一种是悲惨的生活，另一种是更加悲惨的生活。

孤独是她的壁垒。孤独的经典意象是“一个人单独坐在他房间里”。孤独的语言是沉默，无情的沉默。

那种隐痛，几乎一直在，忽然尖锐起来，就不能做任何事，说不出一句话，甚至不能控制自己的表情。那种表情，自己看不见，但一定不全是悲伤，不全是想念，或者根本就都不是。那表情，里面肯定有烦，甚至有恨，有对这个世界的厌恶，有冷漠，很厉害的冷漠。它凝固你，使你不说话，不抬腿；走在路上，会停下来，停车；表情会忽然尴尬，变得难看；没有同情心，本来的举手之劳，却冷冷地一动不动……

——这是什么？为什么？

渴望孤独。孤独是与这个世界为敌吗？

镜子里没有别人，没有别人的目光。

就专注地看自己，专注地想你。

不说话，也不被别人看见。

不被提问，也不向别人提问。

不叙述自己，也无意倾听。

没有义务回答，也没有义务关心。

这样不好，所有的人都会这样说。但你会沉默，你懂。

克尔凯郭尔写过："安慰由言说提供，而言说则将我带入了普遍性。"言说，就是已经到了语言和理性的层面，就意味着共性——言说本身就是已经被理解、被纳入普遍性，这让她找到了理由，她为什么没有真的被安慰过。

任何一个痛苦的人（需要安慰的人），总是以为自己的痛苦极其特殊，没有任何可比性，因而你要把他（她）带入普遍性，就等于否定他（她）的痛苦。因此，真正有效的安慰，其意味必是独特的，愈独特，可能的安慰就愈大。

可是，死，遍地都是，所以残忍。

应该没有声音，一点声音都不要有，不要说话也不要动作。最想听见和看见沉默，对面的沉默，专门给你的沉默，是所能得到的最大安慰。

孤单史无前例地侵袭着，自怜也来加入。越孤单，就越渴望孤独，如果可以写作，孤独就带来一点意义，孤独可以抓住写作。等荒诞感出来，以为写作也是徒劳，就只有孤单，只剩下自怜。

孤独不是孤单。孤单是被迫的，孤独却有意志在里面。

孤单是害怕，孤独是勇敢。孤单是痛苦，孤独就可能是享受。

孤身一人，就是在孤单和孤独之间行走。尽量地孤独，抓住意义；不要自怜，让孤单捕获。

你好吗？

——他死了以后，你还好吗？

五

他死了之后，她最大的遭遇是，凡事不能再问他怎么办——他们永远是一起决定一切事，并且几乎总是意见一致。他知道，他早就想过死之后，所以他认真地告诉过她：“记住你的一切决定都是对的，你做的就是最好的。”

现在，她无数次无数次遇到这样的时刻，她永远情不自禁，抬起头想要问他——一次又一次。然后她就让自己想起他说的这句话，让自己相信，自己做的一切，都是他期望的，他看她做了决定，就赞同。他为他的死带给她的最大的痛苦，做了准备。无论如何，她还有这句话做保障。

他该做了怎样的想象——为她。为死，做了多少准备。因为离开她他实在不能活，他说他什么都可以给她为她，但死，他必须要先得，算他自私。他是专家，他是行家里手，他知道他的死带给她最大的痛苦是什么。在他们两个的关系里，每时每刻都是共同的“决定”，是对世界共同的目光；不管怎样，他们最终都会一致。所以，他死以后，她必须就是他们两个，必须认为依然是他们一起在对付一切，必须认为他样样赞同。她懂得这句话的含义，相信这句话，就是相信他，就是安慰他，就是他的愿望——她的愿望。

他居然把写给她的情诗也拿来发表了——多么不像他。他是在为死做准备，他要感激她，要彰显她，要给她荣耀，也不管俗人和“超人”怎么看。他也有最普通的愿望，就像当年希望妈妈看到他的作品发表、得奖——虽然那是世俗的荣耀。他要人家知道，他的老婆是他的帮手，也是他的知己。他公开他多年以前写的诗，她有点吃惊，这有点不像他，但她当时忙得没有多想，只是想，他老了，就让他脸皮厚吧。现在，她才懂得他的良苦用心。现在，她一遍一遍地抚摸那些印成铅字的诗行，知道那是他刻意为她做的，做成漂亮的铅字，做成耀眼的爱——……

其实，那些诗是在他们结婚多年以后，他自己默默地在电脑里写的，说是写给她，不如说是写给他自己的。放了很多日子，他给她看，她没有惊讶，只是从诗的角度，建议他改几个字，就像对待他写的其他所有东西一样。

耀眼的爱。为什么？

不是因为要不同凡响。

是因为——终于感恩。

那是他们开始在一起时期望的。他们曾经决心要过好，要真的幸福。不是要给人家看，而是要试着自己做。他们没有把握，只是决心努力。他们什么也没有，只有诚实。对自己，对彼此，诚实了再诚实。后来才知道，这是用之不竭的财富。

在他们不意识的时候，“事情成了”。终于有一天，他们在别人经意的目光和言谈中，读到了“不同凡响”。终于有一天，他们的爱耀眼起来。

他不能不惬意地感慨，那些曾经对他的执着不以为然的人已经闭嘴，那些以为他不识抬举的人终于懂得他究竟要什么样的女人，那些暗暗看他不自量力的人现在也默默地叹服，特别是，那些嘲笑爱情的人——他最烦的人——终于眼睁睁地看见了爱情的证明。

“那是因为我棒还是你棒？”

“当然是我！”

“可人家都说男人是女人塑造的。”

“说得没错！”

这不是自相矛盾吗？

这种时刻，是她最满足的时刻，她以为那是她人生最大的成功。

因为他是一个爱女人的人，因为她是一个爱男人的人。当他们读到“我爱你，以我童年的信仰”，就再也忘不了了！他们都是以爱情为业的人，就是俗话说的爱情至上主义者。他们以此为荣。

“我爱你，以我童年的信仰。”

在大学里，她第一次在小说《公开的情书》里读到这句话，留下无比深刻的印象。男女主人公的名字一个叫老久，一个叫真真，老久、真真，这两个词，也特别符合她对爱情的想象和期待。后来，她说给他听；后来，她发现他把这句话写进了文章。她一点也不意外，这样的话他一定听过了就忘不了。情种都是这个样子。情种，就是打小就信仰爱情。

他的爱，曾经从来不被承认。是他倾其所能也不会让一个女人幸福？女人要的是什么样的幸福？幸福是给的吗？谁的手里有幸福？

你看见他，他也看见了你，幸福就有了。

他曾经爱上一个女人。她会爱上他吗？

他明明在她的目光里看见了爱，他明明听见了她说的爱——对他的爱，但几乎所有的人都说那不是。人们头也不抬，看也不看，就断言：你是暗恋，她是同情……

他和她明明谈论世界和自己，袒露一切；他和她明明肌肤相亲，欲罢不能。然而，外面到处都是这样的声音：这不是爱。这声音喧响到轰鸣，一定要使她不再相信自己，一定要让她远走他乡，一定要让他无法不放弃——这样的企图终于是要成功的。

你不知道这声音的力量来自何方？为什么如此热衷发出这样的声音？基于他们热切的人性？或是生涩的不成熟的人性？是经久的固见还是暗暗的优越感？是因为那个愚昧的年代还是因为其实根本就低劣的人性？！

那很少的发出另一种声音的人，他一辈子也忘不了。其实他们只是无比自然地同意或者相信他可能像任何一个男人一样爱上一个女人，也可能像任何一个男人一样被一个女人爱上。

之后。他有权利拒绝吗？因为不爱而拒绝本来再正当不过，为什么拒绝一个身体健康的女人就是不识抬举？

仍然要拒绝，毫不留情地拒绝。

一个做好了独身准备的人不仅有权更有力量不识时务。

我却权当你是为了等我。等我来了，我们就相互看见了。

爱，最不是简陋。

关于你的爱情故事，有许多谣传。许多自以为是的善意，许多缺乏想象力的肆意。

似乎他们这样说你，或许还是为了荣耀你。

他们这样说你，根本无意伤害。

我知道你想自己说的，不允许他们如此简陋地说。

其实你已经说过了，终究没有被听懂。

简陋地说——绝不亚于歪曲和捏造。

因为那简陋，很可能被最庸俗的想象填满，又常常定格在最机械的时刻。所以，对着最丰盈、最高峰、最复杂、最微妙、最极端，简陋是不可饶恕的。

也许说不好，但至少，要说出它不是什么。

耀眼的爱。

一个男人平凡的愿望。

他一点一滴地做，一心一意地做，聚精会神地做，时时刻刻地做，只为了做好，因为他的信仰是爱。

洪峰，这个诚实的人写过："在一九九六年的四月我梦见铁生站在门口对着我笑，我一直看他的腿，看见飘荡的裤筒，还有一双黄色的皮鞋。我好像一下子就哭了，并且醒过来。"

你居然自己也写过："但是你走近他，走近C，于是发现他两条塌瘪的裤筒随风飘动，那时你才会慢慢想到发生了什么。尤其是如果你见过他赤裸的下身——近乎枯萎的双腿，和，近乎枯萎的整个下半身——那时命运才显露真相。"

这样的坦白吓退了歧视和怜悯。

你让命运现出了真相，你才好对付它，才能活出它。

性，一样至关重要。

弱者，你要怎样做，以及之后——并不是不至关重要——怎样说?

你弱，你丑，是命运降到你头上的，不是你，就是别人，总要有人担着。

知道这一点还不够。

姑且认为上帝有发牌动机，但那动机与你无关，他迁徙得比你不知道要高远多少，他比你能理解的不知道要深奥多少。

他渴望给予，用全部的爱，但他能吗?如果他一直 ED[①]?

如果你看被肢残打垮的人是无能，你怎么会没发现被 ED 困倒的人也是无能?而且恰恰是性无能。

你要去悟、去创造——上帝最不可思议的还在于给了我们自由——那创造出来的就是“上帝的旨意”。

像所有的事情一样，只有在一切可能性里做到最好，做到超越——做到可能不 ED 也达不到的境界。这就是尽人的可能。

你终于懂得，越是奇诡的行为就越是倾心的交谈，越是空前的姿态就越成刻骨的铭记，越是胆大妄为，就越有隽永的真言。

其实，只要你爱他，他也爱你，就好办了，很好办——

---

① 阳痿。

你们两个智慧的人。

之后，那被说出来的，就是你的荣耀！

被怎样说出来？

怎么去创造的就怎么说，面对上帝一样。对上帝隐瞒是可笑的，他怎么看不出你的狭隘、你的虚荣。然而你要是不坦荡不虔诚你就注定苍白词穷，一事无成，你要是坦荡又虔诚，你要是勤劳又动脑子，你就“找得到”上帝的“旨意”，你就既找到了创造之路，也找到了说出之路。

于是，“说出”，竟也在“旨意”之中。于是，怎样说已了然于胸。

还有一件事，要去看一部电影《雨中的请求》。

这不仅仅是一部关于安乐死的电影。其中的细节不是编出来的，只有有过亲身经历的人，才会懂得应该这样写，这样演，这样拍。

即使他（她）高位截瘫，你也可能对他（她）有对一个健康的男人或女人一样的欲望，反过来，高位截瘫者，对男人或女人也一样有性欲，有亲吻和抚摸的欲望，有性交的欲望……他们希望也必须找到他们的方式，那方式实现的就是性的根本（指向）意义：不同凡响的男人和女人相交的语言。

那样的语言可能更倾向于爱的真谛，那样的语言不可以学习，不可以设计，只可以祈祷，“……是一只伸向黑暗的手，它要把握住慈爱的东西，从而变成一只馈赠的手。……跃入消逝与生产之间改变一切的弧光……”[1] 于是，“世界借助这语言驱逐了恐惧只承认生命的自由，承认灵与肉的奇思异想千姿百态胡作非为……”那样的时候，一切都将“化为飘弥游荡的旷野洪荒的气息，成为风，成为光，成为战栗不止的草木，寂静轰鸣的山林，优雅流淌的液体，成为荡然无存的灰烬……”[2]

那个男人，截瘫了的男人，那女孩要嫁给他，在他就要告别这个世界的前夜。——但不是因为他要离开，她才要嫁给他，是因为他要离开，他才肯娶她。

她爱他，毫无疑问。不仅是同情，不仅是怜悯。不是同情，不是怜悯。是女人对男人的爱。

那个女律师，要躺在他身边，像夜夜有肌肤之亲的爱人一样，挨着他，每一次都这样。不要说这不是爱，要是他健康，你就随意贴上了爱的标签，因为你不怕爱的责任。现在也可以用爱，虽然你承担不起。那就在影片拍完之后说，说爱。在他死后说，说爱。

---

① 卡夫卡语。

② 引自史铁生《务虚笔记·欲望》。

在那个让人心疼无比的雨夜，他就是这样的，他们都是这样：让暴风雨来得更猛烈些吧！如果躲不掉，就迎上去。那是他们日常的遭遇，你想象是想象不出来的，你也不能替他们承受，你只能祈祷，屏住呼吸祈祷，每分每秒，一刻也疏忽不得！

这个世界，是那些不幸的人在帮我们撑着。因为有他们承担厄运，我们才能到处唱歌跳舞，结婚生子。

她坐在那里跳舞给他看，跳了很久才慢慢起身，像是怕惊动了他，怕伤害了他，她慢慢地，渐渐地舞动到了台上。然后，终于，她决心要把他满心的欲望跳出来，用最快的节奏，最大的幅度，最专注的目光。

他发怒也没有形式，他甚至不能砸碎一个花瓶来宣泄他的愤怒！

他应该骂人的，狠狠地，用最“脏”的词！

她不应该劝他平静，给他打镇静剂，等他睡着了再砸碎花瓶。她应该当时就用最大的力气去砸花瓶，以及继续，砸碎房间里可以砸碎的一切，听他在一旁大声叫好、骂人！要是我，就这么做。

最后，我们一定要帮助他们实现自己去死的愿望。要是爱，就应更加努力，用尽一切手段。

我们不幸被上帝选中。

我们庆幸被上帝选中。

我们各自怀揣一份“痛苦”走到一起，那个藏在《我与地坛》里的爱情故事不只属于你，也属于我：“它们不能变成语言，一旦变成语言就不再是它们了。它们是一片朦胧的温馨与寂寥，是一片成熟的希望与绝望，它们的领地只有两处：心与坟墓。”[①]

终于有一天，你又写道：“不过，这一回，已不再‘是一片朦胧的温馨与寂寥，是一片成熟的希望与绝望’。她来了，顺着那太初的大水终于漂来我的跟前了，一切就都不一样了。当然，这儿没有摩西，但是，我们确乎是在不知不觉间，走出了那一片辽阔但无形的‘埃及’……”[②]

我来了，你也来了。从此，他和她走上了“我与你”之路。

现在你走了。

“你”在哪里？“我”在哪里？

---

① 引自史铁生《我与地坛》。

② 引自史铁生《地坛与往事》。

六

我给你推荐索德伯格的电影《性，谎言，录像带》。

没想到你竟花了几天时间，对着电影，一字一句录下字幕，顺通故事，并在你认为重要和关键的地方加上了强调字体。整个儿还原出了剧本。

我读你“写”的“剧本”，比看电影更加过瘾。这部电影经你这么一“写”，意义才更彰显。现在，想到这部电影，我不会去看录像，而是读“剧本”。那些黑体字，在你加重的黑体字旁边，停下来——你也一定在那里停顿了，脑子里飘来很多思绪，那些句子很值得一再玩味。我们很少这样审视自己，以及自己与爱人的关系，特别是以这样的直面，这样的勇敢，这样的到底，这样的智慧。那些句子触动了你也触动了我，唤起我们的经验，引我们想象，让我们思考。

每一次，从任何段落，我都能开始看下去，直到看完。有些话，已经熟稔在心。比如，“男人学着爱上吸引他的女人，而女人是越来越被所爱的人吸引”，再比如，也是你加了黑体的：“只有有肉体关系的人，才可能给你有益的忠告。”同样的还有：“人不能接受一个对自己没有深刻认识的人的忠告。”这样的“格言”，又上口，又入心。

我们都期望人与人之间的深刻关系，我们都知道最高的关系在爱情里，在两个人之间。坦白，是最渴望又最难的事。这个卡夫卡知道得最清楚，他曾经说过：“通过细致的观察可以发现，人们是永远不可能坦白一切的。甚至往昔那些看上去似乎彻底坦白出来的事情，后来也显示出还有根子留在内心深处。”这一定是经验之谈，对留在内心深处的根子，再没有谁比自己更清楚。说到对自己诚实，没人超得过卡夫卡。一个人，对自己坦白的路竟也是无尽的。而只有首先具备了对自己的诚实，才可能面对另一个，你爱着的另一个。

我们说，两个人相爱，就是要交出一切，就是渴望袒露一切，从肉体到灵魂；就是做出自己最高贵的样子，一同面对上帝。我们一致这样看，一直这样做，我们做到袒露一切了吗？

现在，我觉得我还有好多事情好多想法没有跟你说过，有些说过的，现在想起来其实还没有说透说好，有些事可能当时以为微不足道，现在觉得其中颇有深意，值得好好说说……

谁知道时间会戛然而止？！谁真的知道死？

我跟陈朗说，你们两个最好要每时每刻在一起，一起吃饭，一起睡觉，一起购物，一起旅行，一起参加聚会——不论是你的还是他的，什么事都一起，尽量地在一起，免得将来后悔。上帝给我们的时间本来就不多，给我们两个人在一起的时间就更少，我们不可不以为然，大肆挥霍，等到时间突然停止，一切都晚了。

她一定觉得我可笑，一个自以为明白、不能自拔的老太太。真的，真应了那句话：不知死，焉知生。对我来说，人生的功课，要从头做起。要是我早些懂得死，我会怎么做？

你说，千万不要后悔，无论如何都不能后悔，最要不得的就是后悔。毫无作用，毫无意义，最伤害自己。我想起你说的了。

我对自己说，我们已经比大多数夫妻在一起的时间多了很多。（这是因为你的病，上帝多给我们的恩惠？）

我站在我们两个人之外，看我们两个人。

看到两个人之间的契合、错位，表达之前的踌躇和聚集，表达中间的激发、颤抖，还有看到自己表达了——一种实现，那种表达了的感觉简直就是肉体的，那语言在肉体里。就像爱，在说爱的时候要“做”爱。那种要袒露一切的竭尽全力，那种看见另一个人愿意袒露一切时的感激，感动了他们两个人自己，他们两个人在找到对方的时候同时找到了自己。还找到了他们的方向，这方向与他们两个之间关系的深刻、愈加深刻休戚与共。这样的关系，有不断的“认出”与“惊喜”，深刻与丰富是它经久的旋律。

我又对自己说，还有什么比得过这样的经历教人回味无穷。

我是应该这样对自己说吗？

我习惯了跟你说一切。

我依然在对你说，每天，每一件事，每一个问题。

我想象你的反应，或者听到了你的回答。我确定了解你的态度，敏感你的敏感。我分明看得见你的欣喜，你的赞同，你的厌恶，你的不屑，你的逃离。我也猜得到你要我什么事忽略，什么事重视，什么事努力，什么东西放弃。

因此我可能会做到自信，做到坚持，做到你的期望？

有些话，我只能默默地跟你说，没有下笔。你肯定也听到了，像过去一样，我一开头说，你就知道我要说什么。而我，本来可能要问你，可我一跟你说，还没有说完，我就知道答案了，就知道该怎么办了。

有些话，只能在两个人之间说，就像爱情，不可以扩展到三个人。

有的时候，我们可以认为世界是险峻的，还有的时候，我们都知道，人与人的误解是必然。宽容是去做，抱怨和无奈，却要在最小的范围，谁叫我们是凡人。你现在也许不是了，是什么呢？真想不出来，你还能听懂我的无奈吗？

有时我也不敢确定，你是不是都听到了，我没有任何办法，只有等到我死，等到你来接我的那一天。那一天，是那么令人期待，那个时候，这个世界的谜，也将对我解开。

现在我唯一的法宝，是诚实，那是你留给我的最大财富，是对付人生最有效的方法。这一点点都不夸张，我看着你就是用它对付人生的，我已经学会，不管是对问题还是对人，只要静下来诚实地问一问自己，差不多无一例外，一切迎刃而解。

我们可能不得不原谅自己的自私，也不得不包容一点虚荣——不论是自己的还是别人的，还要看清和承认自己的不足，这样坦然就来了，接受就来了，就有了节制，就有力量承担了。

你能一直陪我走下去吗?

你的无穷是我想象出来的吗?抑或我因为你而可能探究无穷?

今天读到一句话，伯恩哈德说的:“每当我们身边有一个人，一个可以与其无所不谈的人，我们才会坚持活下去，否则不行。”(我想把它说得更有力一点:“只有当你有了一个可以无所不谈的人的时候，你才能坚持活下去。”)

我想到了下面的意思，你有体会吗?

你只有跟他说过一切，你才可能说清一切。跟任何一个别人，不一定是你哪一件事哪一个想法没说或不能说，而是你没跟他说过一切。

现在，到处都是别人。

但是，还有书，那些伟大的、亲切的书。

但是，不管是重温我们以前看过的，还是开始读一本新书，最深的遗憾，就是不能与你分享。看书看到每一处精彩的段落，就是最孤单的时候，因为没有人分享，因为只想跟你分享，因为跟你分享才能满足，因为只有你才有能力与我分享，因为只有我们一致的认同才能使那些思想进入我们的身体。

我不知道是该为自己难过——因为无以述说，还是为你遗憾——在那个世界就读不到这样的思想？现在，无论是我把那些精彩的话描出来还是抄下来，都无济于事。

只有当你有了一个可以无所不谈的人的时候，你才能坚持活下去。

这样的话给人安慰还是教人绝望？

把另一个人视为自己生活的根本，是错的吗？

——竟然可以怀疑这一点。

《南方周末》上有一篇陈白尘的女儿写的文章《棉袄中的秘密》，说的是她父母的爱情故事。她的妈妈说："我一生信奉的是'爱情至上'。"我不禁看了下去。我自己不也是声称"爱情至上"吗。

陈白尘的夫人金玲一生以辅助陈白尘为业，放弃了上大学和自己非常热爱并且有才能的写作，在陈白尘去世后竟不顾儿女企图自杀，当儿女问她为什么要生下他们时，居然回答："你爸喜欢孩子，我是为他生的……"在陈白尘去世之后十四年间，每天为其灵位点香泡茶……

她做到了极致！我自比不堪！

你肯定不赞同，你可不希望我这样，这样太过分，你从来鼓励我做自己喜欢做的事，甚至到处托孤，希望我能再"嫁出去"。

那我呢？我应该怎么做？——这是问题吗？难道要以她为榜样？

不，不是。没有应该，只有我想怎么做。我的做法就是我。

没有想到，有一天，竟然开始理解金玲，理解在家里为死去的亲人天天点香泡茶——过去曾经认为这样的行为简直不可理喻——否则怎么想念一个人？必须有一个方式，物质的方式。这就是你说的"复杂的必要"。那我的方式？除了写给你，还有什么世俗的方式？世俗的方式、物质的方式是日常的安慰，最容易达到。比如去墓地，起身、坐车即可。比如点香、泡茶，比如买花、点烟。

把你的骨灰带在身边，就是和你在一起吗？

像你一样天天抽烟——要是烟雾就是牵系、缭绕，就能跟你说话？

承认死亡，接受死亡，也要有一种方式？

一切都像安排好的。你死了，我终于去德国参加书展。每年你都说，你说等我死了你再去德国参加书展。

我想，一定要与你一起上路。

终于找到一个漂亮的小木盒，王安忆从日本带来送给你的，记得吗？上面的图案是用彩色木片严丝合缝拼出来的，一个优雅的盒子，会每时每刻带在我身上。这样我们就能一起去买布谷鸟挂钟，就是你喜欢我也喜欢的黑森林咕咕钟。买回来放在我们家，催促我们起床和睡觉。

今天终于做了这件事。没有害怕，也没有眼泪。

我从来没有看见过骨灰，这是第一次。我打开了你的骨灰盒——那个盒子是真正的好木头做的，很沉；线条简洁、朴素，没有雕花，就像写字桌上的文件盒，很不中国，有点西式——那应该是你我喜欢的。我选的，我想，我没有选错。

骨灰，竟是白颜色。为什么是白的，史岚说，人说白骨，就是白的，她说她见过你妈妈的。不是粉末，是固体。他们把你烧了，变成了这样，这就是证据。

我拿出一小片，放在那个优雅的盒子里。

我去了德国。

这个世界没有因为你死而有丝毫影响，它照样忙忙碌碌，不管在中国还是外国。似乎只有我，孤身一人，了无牵挂。

在德国小镇罗腾堡。

碎石子铺的路面，石砌的尖顶房子，白窗格，阳台上彩色的野花。露天广场上喝咖啡、晒太阳的老头和老太太，牵着漂亮大狗的中年男女，路边小店里的布制泰迪熊、小锡兵，会唱歌跳舞的咕咕挂钟……

世界上，今天，竟还有这样的地方。我们真孤陋寡闻。

二楼的窗户里探出一个戴眼镜的德国老头的张望，与背景一起，定格成一幅油画。

在这里我驻足长久。

想象你的在场，渐渐地，画面里就有了你，蓝色的，你还是穿着那件蓝色的冲锋服，你的电动轮椅停下来，你抬头看，也发现了这幅真实的油画，然后找我，要指给我看，发现我已经在看……

你冲我轻轻点点头，像是在感慨。我在看你。我要靠凝视，才能不让你消失。画面里有了你，我走不开。

这种石子路，你的电动轮椅车有优势，你开着车跑得比我们快，不时停下来等我。

走石子路，好费劲，你为什么不像往常一样让我扶着你的车？这么快你就忘记了？

我到哪儿你就也在哪儿。你是跟我一起吗？

为什么在这里现身？

你发现我喜欢这儿，你就来了。你知道我多想你也能跟我一起来看看，你就来了。

我们都想起了那年我们在瑞典，在博姆什维克。偌大的湖面上，只有慢慢荡漾开的涟漪，和远处静止的小船；湖的周围是看不过去的林子，林子深处，有一个红色的小木屋，窗子是白色的，挂着绣花窗帘，窗台上摆满了鲜花；通往森林的路边到处是蘑菇。那时我们还在一起，像两个走进童话世界的孩子，四周安静无比，只有我们两个人，慢慢往林子里走，直到快要迷路。

下一辈子（你的下一辈子已经开始了吗？），我们就住这样的地方，你找到了、确定了，要告诉我，想方设法，我会收到。

我买到了黑森林布谷鸟咕咕钟。

还记得吗，铁良带我们去看过，我喜欢，你也喜欢，可那时我们觉得太贵了。现在我要把它买回家，挂在我们家里，让时间一秒一秒地发出声音，让每一个时辰都有一个仪式：时间一到，布谷鸟就叫了，水车开始工作，音乐响起来，男孩和女孩开始亲吻……我站在挂钟下面，长时间地听着挂钟的嘀嗒嘀嗒声，等待仪式一次又一次降临。水车、小木屋，门前的栅栏、小树，草地、木凳，漂亮的窗帘……就是我们未来的家，就是自由平安的地方。想到这些，心里特别安慰，你就在家里，哪儿也不去，就在家里陪着我。我每天都会给挂钟上弦，这个机械挂钟不准，和标准的时间不一致，正好，我就要它的时间和这个世界的时间不同，它是另一种时间，意味着另一种在，单属于我和你。

我有时让它随便走，不管是白天还是黑夜，完全与这世界不相干，是你说的“没有时间，只有转动”。在无限里，时间没有意义。

有时让它夜里不工作，因为你睡觉怕吵啊。

有时，它随着我们人间的时辰，跟着我一起过完了白天，再进入黑夜。就好像你来访：时间又开始了。

七

刘小枫建议我再读一次《沉重的肉身》。

于是我重读，那些以前没有读出或者忘记了的含义今天格外切身。

与我直接相关的就是，我的“在世热情”是什么？

对你来说，无疑是写作（或许还有女人），那对我来说，是男人（现在或许还有写作）？

记得你也说过，我们说过，人生其实没有意义，但是，先不要去死，这是第一；第二就是干，看看究竟想干什么，这就是“在世热情”，每个人的热情，就是他的意义。

人忙忙碌碌，终为一死，明白人都难免会有荒诞感，进而发现活着其实没有意义（那些宏大理性）。但一细想，发现为了孩子，为了母亲，为了画画……还想活，想活，有了热情，意义便有了。每个人的“在世热情”都不一样。所谓“人生没有意义”，是就人类来说，没有共同的、高高在上的目标、意义，过去我们以为的伟大意义，比如宗教的来世承诺，比如理性的宇宙秩序，不说是谎言，但无疑，是虚幻，对怎样度过生命，没有任何直接的指导作用，还毁掉了每一个“个人”属己的“在世热情”。因此，没有“人为什么活着？”只有“你为什么活着？”“我为什么活着？”它可以具体为爱一个男人或女人，爱孩子，爱打球，爱画画……把肉体和一个操持、一个牵挂连起来，生命就运动起来，意义就出来。

那个轻逸的肉身，因为有了“在世负担”，有了“影子”，或者说，有了灵魂，有了灵魂的附体，才沉重起来。肉身何时有了价值，开始命运？就是当它遇到了它的“热情”，它的灵魂。

肉身，因为有了灵魂而沉重。沉重的肉身才是存在。人的定义就是你说过的：欲在。在，不仅仅是活肉身，是存在，是灵魂拎着肉身去在。

无疑，薇娥尼卡的个体热情是歌唱，但她有心脏病，当她“倾注全部热情”之时，亦是她的身体无力承受、断裂之际。所以，寻求身体与灵魂的平衡就是我们的“在世负担”。这“平衡”几乎包含所有人间难题，所有“幸”与“不幸”盖出于此。

所谓命运，就是看到底是哪个灵魂与哪个肉身？！

属于你的“热情”，你要寻找。每个人的在世热情，就是他的路。他的路，就是终于会被击中的那一个“热情”。

人总是用自己的经验来推定世界，认识到了这一点也无济。站不到那个视角，必然看不到那个景色。你只能从这里看出去，从这里往远处看，任何视角都可能望出一条路。要相信上帝的决定，他就是要你站在这里，他指定的地方，说出他想让你说的话。所以你要仔细地看，认真地想，不枉费那景色，上帝给你的属于你的景色，品出意味——那个整全的意味，这条路，也只有这条路，是你的路，是上帝给你的了解整全的可能。

那条路，可能每个人都有一条。但不是清晰地在那里。你看不见，只能体会，模模糊糊地感觉那条路，感觉好了，真正上路了，就会逐渐清晰——不，还是不会清晰，只是觉得走在了路上，那种踏实的感觉告诉你应该是在路上。

真正奇妙的是，那条路还是“走”出来的，就是上帝造人之后给你的“自由”走出来的。上帝给你自由，又让你“走不出去”，就像地球围绕着太阳，一直、必须被“整全”吸引。

到现在为止，我的热情，应该是“为男人”，我的中心是自己爱的男人，虽然我也有对智慧理性的热情，但必须要以那个男人的重点、兴趣为重点为兴趣——当然，这个男人得是爱智慧的，有理性的。因此，或许也不能确定其中到底多少是爱智慧，多少是爱男人。

但总之，我的灵魂与另一个肉体另一个灵魂，息息相关。我的“热情”不仅仅在我对你，而更是“我与你”，在“我与你”的关系中（也绝不是：我为你）。是：**当你的眼睛看着我时，我就在了。**实践起来就还是伯恩哈德的那句话，只有当你有了一个可以无所不谈的人的时候，你才能坚持活下去。只不过我不是同性恋，因此这个人要是男人。

什么才是存在？人如何与上帝发生关系？是通过与另一个人的真正关系。什么是真正的关系？就是亚当和夏娃的相互看见。就是：“当亚当神圣地看夏娃时，他见到了上帝和夏娃。当夏娃神圣地看亚当时，她看到了上帝和亚当。”①

---

① 引自沃尔夫《精神的宇宙》。

现在，这个“关系”没有了，这根弦断了，你死了，我就是没有了灵魂，没有了“在世热情”，所以不知道为什么活。

一线生机是，我与你之间，已经千丝万缕，你的“热情”，你的灵魂，某种意义上，也是我的——我现在唯一能做的，就是写——尽管是因你而写，给你写。——这一点热情，能否扩展到足够？真正成为我的肉身的理由？

因你的愿望而写，给你写——必须扩展。追求认识一切事物的第一因的爱欲，是你的“热情”里不可或缺的，此爱欲于你，就是写作，但你的写作，与其说是作文，不如说是做题，是做哲人，是追问，因此你的爱欲，就是爱智慧。事实上，这也是我们开始的起点之一，因此也必然在我的“热情”之中，激发它，既是继承你，也使我得以活下去。激发它，扩展它，使之成为我的下一个“热情”？

刘说，每一个“热情”，不是肉身自己选的，是降临，是热情选择“我”。我的问题是，每一个个体，是注定唯一地被“命中”，还是有多次机会或可能？如果又注定，又唯一，我将无望开始新的人生。你会说，这样太机械了，是，我知道。

但是现在，机械是唯一可能的开始。比如就是：起身、开门、坐车……

要是你的使命与自己自足，比如，柏拉图的爱欲是智慧，梵高有绘画，薇娥尼卡有歌唱……若他们的爱欲只与一个肉身相联，这样身体和影子形影不离，同在同去；这样他（她）就可能可以没有她（他）而在。就可能不会“更加悲惨”。如果一个人的“在世热情”是孩子，那么一个死去了，还可以再生一个？那对于我是什么？再找一个男人——来爱？！

卡夫卡说：“sein 这个词在德语中有两个意义：‘在’和‘他的’。”不管这话原本什么含义，拿来给我再贴切不过，“在”，和“他的”。而 sein，就是他的——存在，于是存在。——我的生命存在与他息息相关！

而伊壁鸠鲁或者佛，“逃避”到了两个极端，一个走“轻逸”，一个走“无”，都妄图不承担作为“人”这样的肉身要承担的“重”，我也从来没有被这样的“热情”（如果也算一种）吸引。

我是一个在世者。注定了背着“热情”和“负担”。

你说过，你的生命密码是残疾与爱情。

你生于恐惧，是天然的情种，而残疾，是上帝给你的谜面，你用一生在解谜，以一个恋人般的执着。

上帝的剧本里给你的角色很简单，就一个提示词：情种。上帝的剧本，本应该这么简单。因为他的剧本容量太大，对于区区一个你，有这两个字，已经很奢侈。更多的人，可能只有：众丁。这让我联想到有些人以及上帝给他们的提示词，比如：荣誉，谦卑，复仇，漂亮，等等。那我的提示词呢，我想，要是不在众丁里，那差不多应该是：配角。或者更准确：你的配角。

好戏就是这样开始的。因为通往整全的路——上帝的谜底，最是在爱情里显露。

但是，戏，终究是要演完的。人总是要死的。

戏，终究是要演完的吗？

你说，上帝的戏却从不谢幕。

八

橱窗里一件熟悉的衣服。

那件牛仔蓝的竖条衬衫，你喜欢的衣服，你穿着它走的。

我要再买一件。

荒唐，他死了，再也用不着。

你傻啊，我现在不需要了，我死了，你又忘了?！你也说。

我没忘，一刻也没忘。

昨天在书店，在一本书上翻到：

一个人如果一刻不停地老是在社会上到处活动，一再对别人伪装自己，那么，他对他本人也不会不来点虚伪，而且，当他有时间观察自己的时候，很可能连他自己也不认识自己。

一本老书，卢梭的。我们有过的，不知道放在哪儿了，那我就再买一本，我要回家给你念。我能看见你等不及我念完就直点头，听见你说：没错没错，这样的人在任何时代都有。哎，卢梭说的！拿到今天真是一个字都不用改！你说，虚伪已经成了习惯，虽然是微小的虚伪，虽然无可指责。

今天，今天用在谁身上？我们俩都知道这是在说谁。

——难道你没有和我在一起吗……

那个女人没什么错，真的说不上有什么错。可她的打扮太富丽，做派太刻意，声调和表情太浓烈，关切的幅度又太大、太夸张，与真正的忧国忧民和现场的话题格格不入。就像《牛虻》中给你留下很深印象的那个意大利女人（“啊！我的可怜的意大利！”——你学得有声有色！），到处都有这样的女人，这样的人，扮演着自己不知道的角色，沉浸在姿势和表情里，让明眼人禁不住怜悯。

不用我描述，你都能补充得很准确，你说……我听见了，我不说出来。你有时也刻薄，你知道我说的是哪一种人。

那个男人是好人，长得也很豪壮，然而目光里有卑怯的欲望，在琐碎里可见到些许委琐——太残酷了，真是希望自己没有发现这一点，希望自己不要这么灵敏。你说你们男人对男人不像我们女人对男人，不这么敏感与刻薄。不过我一说出来你就懂了，就承认我说得对。

——你到底在还是不在？

你一定要与我一起来看皮娜的舞蹈。

皮娜·鲍什，是一个热情至死的舞者！真正的舞者！

书上这样描述皮娜："德国美女的那种坚硬的美丽，面庞线条如被雕刀划过，目光温柔但炯炯……说起她的名字和她的作品，声音会变得颤抖，眼睛会变得明亮。"

被这个世界碰疼过的人，看她的舞蹈，无法不激动。看她的脸、她的姿势，无法不停下来，长久地凝视。接过她的目光，模仿她的动作。在心里，油然一种冲动，只用自己，自己的身体，不触碰这个世界，做点什么，剧烈地做点什么，却不触碰这个世界，这个有时不美也不善良的世界。那个空旷的舞台，在世界里，又与世界无关。自顾自把目光深邃，自顾自有力地舞动，伸展到极限，弯曲到极限，缓慢到极限，静止到极限。

看皮娜的舞蹈，你就想，你就希望，也去跳舞，也去伸冤，也去抒发，也去祈祷，也去牺牲。

你要做点什么，用身体，仅仅自己，就跳舞，跳现代舞。

你要把痛苦和悲伤嵌进肉体去，就跳舞。冯秋子引皮娜的话："我跳舞，因为我悲伤。"是真正切身的，灵嵌进了肉。

不能与你一起感受皮娜……

我一直喜欢现代舞，你知道的，我要是不瘸，一定会去跳现代舞。

你要是没来和我一起看，我试着给你描述。

《老人们的交际场》，老人，交际场，舞蹈，性。两个半小时。

他们跳舞，一群六七十岁的老男人和老女人。大部分时间，他们的动作简单又文雅，有时还显得轻盈，有时也剧烈，但那剧烈是缓慢和节制的，那文雅是自然的，那简单很难学。

他们当然是走过了漫长的生活——但不一定就是苦难。不管是什么，他们走过来了，醉心于当前。他们在自由地表演——自由地生活，早已不在乎别人的目光；他们玩了一出又一出，似乎永不尽兴；回忆和重温："亲爱的，亲爱的，亲爱的，亲爱的，亲爱的……"——第一次冲动，第一次孤独。依然有眼泪，有痛哭，却又能戛然而止。他们终于可以胡闹，用表演这样严肃的方式；终于可以放肆，用现代舞这样自由的舞蹈。

他们的性有一点迂回，有一点可笑，有一点"淫荡"，有一点老练，还有一点幼稚。他们的温柔还有一点挑逗，说不上是不是更像老人；他们的自由也有一点怪异，因为他们不仅是老人，更是舞者。

两个半小时，不停地大幅度地跳啊，踮着脚尖走啊，慢慢或者快速地亲啊，孩子似的闹啊、笑啊、哭啊……随心所欲，就像重新过一辈子，再高兴的宴席也知道会散，真的散了。再痛苦的难也知道会走过，确实过去了。就这么演下去，跳下去；跳下去，演下去，不知道何时才尽兴。终于结束的时候，给他们的掌声也不想停下来。一点不惊心动魄，一点不骇世惊俗，却有经久不息的掌声——经久不息的掌声像舞蹈一样令人感动。

不知道是因为有了这样的舞蹈才有这样的观众，还是有了这样的观众才会有这样的舞蹈——这一定是你的感慨。

他们的幽默不以机智自豪，不显能，是骨子里的态度。是冷眼也是热情。无所谓的事情也可以无比认真。严峻巨大的时刻也终于可以被从容地“叙述”。虽然是你只能这样活，却好像你希望这样活，却真的是想这样活。跳舞是他们的生活方式，是生命的“热情”。那种幽默不是苦笑，是欢乐。他们的喜怒哀乐都裹在舞蹈里抖起和飘散。他们的遗憾得到一点慰藉，他们曾经的鲁莽被“不知羞耻”地重温，第一次心跳，第一次接吻……依然记忆犹新。他们的目光因为专注而丢掉了杂质。孩子的目光是还没有杂质进入，老人的目光不再东张西望，只专注于心的方向，终于甩掉了那早该忽略的。

想起你写的：

以孩子的惊奇或老人一样的从命
以放弃的心情
从夕光听到夜静。
在另外的地方

以不合要求的姿势

……

拿来描述舞蹈《老人们的交际场》，恰当无比！

我刚刚懂，跳舞，不全仅仅是因为忧伤，也可以因为坦然。

皮娜·鲍什在癌症发现之后五天去世——上帝垂顾了她，让她一直跳到了死。她一直都精神矍铄，直到死，一直都在干自己热爱的事业，一直都在跳——舞，令人无比羡慕。

九

外面在下暴雨。我在家里。刚刚编完施特劳斯的《论柏拉图的〈会饮〉》，然后会开始比照看刘小枫自己做的疏证。做这些事情的同时，你一直都在我的脑海里。外面暴雨，让人更感觉到在家里的安逸和满足，看书也更安心。今年夏天，雨水格外多，而且总是不期而至的暴雨，对我们去透析威胁最大，我们会天天都怀着侥幸，想要自己开轮椅去，最后想想肯定还是麻烦了老田，而且总是麻烦了老田，老天却又偏偏没下雨。现在老天必是知道你不用去透析了，就可着劲地下，把好几年的雨，积攒下来的雨，都下了。

我总是忙忙碌碌，看书也是生吞活剥，全凭着一点悟性。

很少像现在这样，细嚼慢咽。很多地方精彩，很多地方值得再深思，多想跟你说说，要是能给你启发，要是你反驳，要是你感慨称道，要是你怀疑，要是你也迫不及待地想看……

施特劳斯的《论柏拉图的〈会饮〉》做得是精细又睿智，又让我在实践的意义上懂得一点什么叫“细读”经典。

柏拉图的东西真是表面看似简单，像是来自生活的表面，一深究，就会有好多不能讲通的地方，甚至有许多矛盾。因此施特劳斯说，“柏拉图的每篇对话都是一种局部真理”，“要找出柏拉图的真正教诲何其困难”。我觉得很重要的一点是注意到：“柏拉图的开放性本身——即断言人并不拥有智慧，只能追求智慧——也在以某种方式锁闭问题。”要明白“若无某种类型的终结性，人根本无法生活或思考”。[①] 在理解柏拉图的过程中，或者说在读施特劳斯著作时，不忘记这一点非常重要。

给我印象深的是那种虚虚实实的写作逻辑，带来很多想象的可能，有时，看起来仿佛是为了叙述本身，为了语言本身的惯性，又仿佛必须通过“概述此事时采用的方式才能得到理解”。我知道，有些东西只能这样表达，表达方式本身已

---

① 此段中引文均见施特劳斯《论柏拉图的〈会饮〉》。

经成为该事物的一部分，甚至，方式即本质。我相信，这样的写作逻辑也是因为明白“若无某种类型的终结性，人根本无法生活或思考”，“虚”可能是“终结”的一个手段。

可其实我想跟你说的不是这些。我这种狭隘的人，总一味注意这样的话：

> ……我们本质上爱的是灵魂，但我们从来无法只爱灵魂。爱欲绝不可能与身体脱钩。我们无法只爱一个人不爱他的头。
>
> ……但绝非无关紧要的是，友谊的最高实现要求所谓的人身在场。[①]

这是真的。我无法不联想到你的死，联想到你的不在场。
人死了，爱怎样继续？
无论什么样的动作，都不能表达这种无奈。

不，还是读书吧，你怎么不在呢？无法不在。
要是不用去透析，我们就拿一本尼采来读，那总是看不

① 引自施特劳斯《论柏拉图的〈会饮〉》。

厌的。

尼采的《作为教育者的叔本华》，好像你以前没看过，我抄给你，读给你听：

> 但是，我们如何重新发现我们自己？人如何能够认识自己？人是一件阴晦的和遮遮掩掩的事物；如果兔子有七层皮，人就能够脱下七七四十九张皮，而且还不能够说："这确实就是你了，这不再是外壳了。"……如果我们的友谊和仇恨、我们的目光和握手、我们的记忆和我们遗忘的东西、我们的书籍和我们的笔画，毕竟这一切都为我们的本质作证的话。……年轻的灵魂以如下的问题回顾生活：你直到现在所真诚地爱着的是什么，是什么向上牵动着你的灵魂，是什么支配着它并使它幸福？……因为你的真实本质不是深深地隐藏在你里面，而是不可测度地高过于你，或者至少高过你通常假定是你的自我的东西。

你看这些话和里尔克在《给一个青年诗人的十封信》里面的话多么相像，是不是"你最内心的事物值得你全心全意地去爱"？是不是"向着顶点的聚精会神"？年轻的灵魂的问题应该也是一个人一辈子的问题，一直以这样的视角回顾和展望生活，才能越走越高，并且一直走在正道。你不就是一直走在这样的路上吗？对了，你说，一个人的独特，是探索出来的吗？

说到对叔本华的三个印象：真诚、快乐和坚韧，尼采说：“他是真诚的，因为他对自己并且为自己说话和写作；他是快乐的，因为他通过思维战胜了最困难的东西；他是坚韧的，因为他必须这样。”你呢？你当然真诚，这毫无疑问；思考使你走上了康庄大道；坚韧？活下来就是坚韧，我们都知道，这没有什么了不起。所以用这些词来说你，我想也不算过分，你同意吗？

尼采又引了不知哪位智者的幽默：“既然他如此之久地从事哲学却还不曾使任何人‘苦恼’，他究竟能有什么伟大的东西？”你听了是不是也会哑然失笑？

还有叔本华说的：“一种幸福的生活是不可能的：人所能够达到的最高的东西，就是一种英雄般的生活历程。凭借某种方式和机会，为在某种意义上对所有人都有好处的东西与超大的困难做斗争并最终取得胜利，但此际得到的报酬却很差甚至根本没有报酬的人，走的就是这样一种历程。”我想，这就是追求智性的生活，在人的极限处追问——“与超大的困难做斗争”，无论最后成败，度过的就是“英雄般的生活历程”。这样一种生活方式，就是哲学的，它与报酬无关。

我发现尼采很爱引用先辈贤者的话，可能既然已经有人说过了，就不劳他再说。其实尼采引的话就是前人的“格言”，就像我们小时候抄在本子上的格言，长大了就有点不屑，或者以为那是幼稚，就不再抄了。其实，我们读一本书，最受益和记住的就是那些话，那些道理，那些格言。所以我这些年又像小时候那样抄起了“格言”，一点也不怕别人笑话，我心里的愿望，就是要用钢笔把这些话抄下来，于是就抄下来吧。我看你也在这样做，只不过是录在电脑里。

尼采引了歌德说过的一种古老经验：“人生来处于一种受限制的境地；他能够看出简单的、临近的、确定的目标，他习惯于利用自己马上够得着的手段；但一旦他来到开阔地带，他就既不知道他想做什么，也不知道他应该做什么，他是因对象的众多而分心还是被这些对象的高大和尊严所惊呆，这都是一回事。”

这一段前半部分容易理解，后半部分很值得想一想，这里的“开阔地带”，指什么，还指什么？但总之这种时候，就需要高人尼采，需要“作为教育者的叔本华”。

太多了，还有许多。我们平时感觉到的许多，说出来的、没有说出来的以及甚而不敢说出来的，尼采差不多早在一百五十年前就说过了。但这并不说明教诲不需要“从自身得出”，只有已经懂得了才可能读到，否则放到面前也看不见。想起你那个最极端的例子，你写的《答自己问》，你说为什么写作，就是为了不自杀。你真的自杀过，真的因为写作而活下来，你的结论和加缪一模一样——那时候你还没有读到加缪呢。你就是因为这样想啊想，使劲地想，才把好多问题真正想透了，真的是融会贯通，像你这样的傻人总是用傻劲。我曾经嘲笑你看书慢，好几次，我发现你在前一页书边上写的话，正好是作者下一页写出的，我说你干吗不往下看，结论就在下面，干吗停下来自己想，非这样事倍功半……——其实那恰恰是事半功倍，那些由亲历悟出的，那些经历了苦苦的思索悟出的，融在血液里，不光更丰富更有力，而且还会生长，成为经久的营养。你知道这才是傻子最聪明的地方，傻子就是这样超过聪明人的。

人，凭着到底的真诚，竟是有一座深渊要探，有一座深渊般的宝藏可写。所以终于有一天，你心里有一大片一大片的沃土，你再也不担心所谓的枯竭。

任老师说，你是后来越来越聪明的，就是说，你不是生来的聪明人，你的脑子是越来越灵——越用越灵的，可能还真是这样！

尼采，却是个生来的天才。

还是再来读尼采，读尼采我会平静些，不会太沉溺。

关于尼采的几个大概念，我们说过好多回了，我现在也说不好是不是真正理解对了。但是，处处可见的“小精彩”，我真是太喜欢了。读尼采，每次读尼采都不会失望。

比如他说，“玩世不恭是普通人接近真诚的唯一方式……”普通人里，往往有些真正玩世不恭的人，是高人。聪明人一诚实，就要发现真相了，然后，就忍不住玩世不恭，到后来与其说是一种态度，不如说竟成了一种方法。碰到这样的人时要小心，不要不知羞耻地夸夸其谈，要提醒自己，施特劳斯曾经设想过的，坐在讲台下面的那个知道你“底细”的人，也许就是面前的这个人。

他还说理性“要为世界的虚假性负责”。所谓事物的因果很可能是我们赋予的，往往仅是为了“体面”。所以，新的解释总值得一听。而哲学家总是忍不住“从每个怀疑的深渊狞笑着向外窥探”（尼采总是幽默。碰到幽默总是让人愉快！），保持直接性就是保持思想的独立性，对不对？

他说什么叫“不良结交”，就是“和不相称的人结交”，但这又是“人生经历中不可或缺的”。不良，与不可或缺，是两面。这不相称，既指比你低的人，也指比你高的人，与其结交，都属不良。你眼前一定也浮现起某些熟人的面孔，在我们身边，不是有活生生的例子吗？这就是人们说的所谓“本分”吧。

他说“在你钟爱的词句和学说（有时是你自己）后面打上的每个问号，或许比你在控诉人和法庭面前做出的所有肃穆的手势和狡黠的答辩，都更为诚实和令人敬佩”，诚实的含义可不简陋，随时随地我们都无意识地丢掉了它，特别是对自己钟爱的，特别是被激昂陶醉、被动作裹挟时。而“道德义愤的愚蠢性”，则“准确无误地表明一个哲学家已经丧失其哲学式幽默”。道德义愤是要警惕的东西。幽默则永远是保持距离的好办法。

他也说：“只要有人不带情绪地说话，他就应该关注。”这让我想起你感慨过的美国电影《教父》里的一句话：不要让恨使你失去判断力。人经常会被自己的情绪欺骗，就自己对自己撒谎，自己却不察觉。

也有要命的：“事实上，这或许是存在的基本特性，即获得关于他的全部真相，会毁掉一个人——因此，一个人精神力量的大小可以通过他所能接受的‘真相’的多少来衡量，或者说，他需要‘真相’在多大程度上被稀释、遮掩、粉饰、钝化和篡改。”想起来了吗？在《希腊精神》里，我们都注意到，索福克勒斯曾经说过，“对人来说过于伟大的思想”不是人应该说出来的。

读到下面的话，你肯定捻着烟头一边笑一边使劲点头：“有些事情表述起来如此微妙，我们宁可粗鲁地进行掩饰，使其面目全非。有时在富于爱和慷慨的举动后，最明智的做法莫过于拿起棍棒，把目击者一顿好揍，以混淆其记忆。”你说尼采多么可爱！我们不是都仿佛有过类似的羞涩和冲动吗？

还有这样的意思：**真正的谦逊即懂得我们不是自己的创造者**。这多像一个有神论者说的话？每次想到你说的要把创世主和救世主分开的高论，总是赞叹！是你自己想出来的还是在哪儿看到的？

说到这里，我必须大段地给你读一读他在《敌基督者》里写的：

> 就像他活着那样，就像他所**教导**的那样，“福音的使者”死了——他的死，不是为了“拯救人”，而是为了表明人怎样去生活。他留给人类的，正是这种实践：他在

法官、在追随者、在告发者、在各种形式的中伤和嘲讽面前的行为态度——他在**十字架**的行为态度。他不抵抗，他不捍卫自己的权利，他不做任何努力以防止极端恶行，更有甚者，他**挑起事端**……他乞求，他忍受，他爱，不仅和恶意待他的人一道，而且在他们中间。他在十字架上对两个**强盗**所说的话，就是福音的全部。“这真是一个**神圣**的人，一个神的孩子”——强盗说。“只要你感觉到了这一点”——拯救者回答说——“**你就进入天堂**，你就是一个神的孩子。”**不要**抵抗，**不要**生气，**不要**责备……但也不要反抗恶人——要**爱**他……[①]

这是真基督，那个伟大的象征主义的“神”。高人总是一览无遗，不会看不到我们看到的。尼采说出这样的话，该是在意料之中。

我深信你能感受我现在写的一切，你能听见我在读给你，因为我深信，你会与我的看法一模一样！

还有一个特别想跟你再说说的问题。我们都读过《尼采的微言大义》，刘小枫确实给了尼采一个相当好的概述，给尼

① 引自尼采《敌基督者》，强调为原文所有。吴增定译本。

采那些"'沉醉'的假话"有了一个很好的解释（事实上尼采自己完全说出来了）。刘小枫强调的一面是如何对待人民，即如何处置哲人与人民的关系，这一点很透彻。

但是他说："哲学问题首先不在于沉思什么，用何种'哲学方法'想问题，而是如何处置哲人或哲学与人民的关系。哲学与人民的关系问题是第一性的，先于哲学之所思的东西。从这个意义上说，哲学首先，而且本质上是政治的。"[1]我觉得有点问题。哲人首先之所以是哲人，是因为他沉思，以及他沉思的内容与大众不同。他沉思的行为——他的生活方式，让他看见了"真相"，然后的问题才是：怎么办？说出来，还是不说出来？行为决定他的身份——一个沉思的人，以及他的沉思对象——是他。而与非沉思人的关系是由沉思发现的不断的结论才引起的，这确实是一个非常重要的问题，之所以重要，就是因为那些结论（真相）有点"可怕"。但再重要，也不是最重要、唯一首要的问题，而是"接下来"的首要问题。

首要的问题不可能是"哲学的政治姿态"，姿态永远是后来的，有了身份才有姿态。退一步，即使身份就是姿态，也不能忘了哲学之所以为哲学——向未知探索。

你说："所以我还是相信，生的意义和死的后果，才是哲

① 引自刘小枫《施特劳斯的路标》。

学的根本性关注。”[①]

对啊，要是不再去向未知探索，还是哲学家吗？还是已经没有问题了，只有哲人与民人的不同？

当然，尼采不仅写了关于“隐微与显白”的技艺，以及“哲人与畜群”的“政治”，还有许许多多人间真相，那些真相就是哲人沉思到的，尼采真是敢于说出自己的心里话，不是胡话，也不是疯话。甚至，我感到了某种亲切。尼采不轻蔑人民（想不出为什么要轻蔑人民）。他既是一个聪明人，也其实很真诚，说出来他看到的——哪怕你们听不懂。“最高的轻蔑是无言，而且连眼珠也不转过去”[②]？高贵不轻蔑，高贵只会怜悯。所以才是“高贵的谎言”。

记得我们谈过这个问题。我们有点自卑，不敢跟高人讨论。

你太累，我太忙。我们本应该还有多少问题可以深入！这种遗憾不能想。

还要看尼采，咱们继续。

尼采说：“在精神的事情上，必须正直到冥顽不灵［的程

---

① 引自史铁生《昼信基督夜信佛》。

② 鲁迅语。

度］，以便忍受我的认真、我的激情。”你就是这样的人。这样做到了极端，不是为了这样，是不得不这样。因为［柏拉图说的］爱欲！你的本质属性决定了你一定、必须这样。

想起来，有人说，你的东西写得很好，但还是缺少对现实（现世）的关怀。当然我们懂得，一方面，关怀并不只有一种外在、直接的形式，另一方面，就像布鲁姆所说“……但是，一种充满爱欲地竭力去认识一切事物的第一因的理性，有它自己的生活，与此地此时的需要无关。这种理性是最为强大的欲望之一，最为远离城邦的首要关怀。”某种意义上，这是一个人被赋予的使命，有时甚至由不得自己。

这“爱欲”，是我们之间真正的“共同语言”，共同兴趣。在家里看书交谈和沉思写作，忘掉外面的纷乱、琐碎，是我们最幸福、最想过的生活。

还记得我们曾经不约而同在书上做了标记的那些话吗？伍尔夫说的：“……但是，谈到自己，那就让我们避开名声，避开荣誉，避开一切要向他人承担的职责。让我们守住这热气腾腾、变幻莫测的心灵旋涡，这令人着迷的混沌状态，这乱作一团的感情纷扰，这永无休止的奇迹——因为灵魂每时每刻都在产生着奇迹。”

“……如果我们请这位生活艺术的大师介绍他的秘诀，他准会建议我们退进高塔最里面的房间，在那里翻动书页，追逐一个接一个飞出烟囱的幻想，把天下的治理留给他人去操心。退隐和沉思——这一定是他的处方中的重要成分吧。”

伍尔夫真是描绘出了最美妙的理想生活。

下面的境界又何尝不是我们向往的：

> ……让我们想到什么就说什么，重复自己，反驳自己，发出最荒唐的胡言乱语，追逐最稀奇古怪的幻想，不管世人怎么做、怎么想或怎么说。

> 这种追逐的快乐超过了它可能给个人世俗前程带来的任何损害。了解了自己的人从此便独立了；他永远不会感到无聊，只会觉得生命太短，他沉浸在一种深刻而有节制的快乐中。

这样的优雅和高贵，这样的自由和潇洒，我们望尘莫及。

读书和写作，是为了寻找和确认。虽然其实所有的真理都被前人说过了，所有的角度也都被站过了，但每一世，我们每个人来，都必须再从头开始。

这是上帝玩的游戏？

上帝玩的最大的游戏就是人的死。让你如此执着，却迎来了死！

我忽然不明白起来，对我这个狭隘的人来说，我不知道我是因为有了爱人才爱（那爱人爱的）那真理，还是爱真理才认出了（爱那真理的）那个爱人？！

要是不深信现在我写的能被你看到，我怎么活？！

因为你确实看到了，我才能深信。

十

我们都看过《纪念施特劳斯》。

布鲁姆这样说施特劳斯：

> ……他在任何组织中都不活跃，不在任何权威机构中任职，除了理解和帮助那些也有可能像他这样行事的人之外，再没有野心。施特劳斯没有因遭到忽视或敌对而气馁和受伤。

记得我们俩都因为这段话而对施特劳斯有深深的敬意，你还把它录在电脑里了。你甚至说，这是最高的赞誉，可以作为座右铭。

布鲁姆还说（我忍不住要抄出来）：

> 施特劳斯对其工作的热情从不间断，严肃不苟但充满乐趣；在不思考的时候，他感到失去了生命……
>
> 施特劳斯没有媚俗，而是献身给了毫不妥协的真诚。

这样的描述，用在你身上，我想也不过分。

还有：

> ……施特劳斯是一个单纯的人，他拾起那些大书，像普通读者那样读。
>
> ……施特劳斯首先关注的是为自己发现什么，其次才是与人交流自己的发现，以免交流的需要规定了追问的结论。在这一点上，施特劳斯显而易见的自私正是他行善的方式，因为，没有比毫不妥协地献身于真理更为伟大和难得的天赋。

你是一个真诚到底的人，根本就没想过自己的模样，没想过自己的姿势，只顾“掘金”，只想探寻有关最重要的事物的真理，对“永恒事物”怀着最质朴的思考，想知道这个世界到底是什么，从哪儿来，到哪儿去，顾不上玩味，你的情绪被始终困扰和吸引你的问题占据了，那些东西更有牵引它的力量。

所以，你可能更像一个哲人，而且不是一个现代哲人，真的是“很自私”。

还有：

> 施特劳斯的品味总使他去观看朴素、普通和表面的东西。他说只有最为仔细地观察表面，才能达到核心；他还说表面即是核心。

这是不是也在说，从常识出发？这仍旧有关诚实。表面即核心，最朴素最原初又最能抵达。像你这样没有受过系统理论教育的人，尤其需要这样的品味。

还有：

> 摆在施特劳斯面前的，是政治极端的图景及其与现代哲学的关联。在这个时代，忽视神学—政治问题或认为它已经解决，很时髦，而他却被迫应对这个问题。施特劳斯

确凿地相信，任何想要过一种严肃生活的人，都必须面对这些问题……

现在，施特劳斯的思想已经被自己充满活力的关怀牵引，在时间之中回溯，他发现了古代思想的入口，通过这个入口，这些关怀变得比他曾经想象的更丰满。

那些似乎早已听腻却终归非同寻常的问题，关于灵魂，关于上帝，关于正义，关于生死，在你那里始终严肃，始终历久弥新。对严峻的问题，你总是要辨别和区分、深入。你越来越明白自己的“使命”。你从来不懈怠、不逃避。

重温这些，字里行间我都能看到你的影子，你的表情，你的赞同和你的专注，还有你的质疑你的辩驳。你努力要做这样的人，一丝不苟，一点一滴，成年累月。

我不敢说你做到了像布鲁姆赞誉施特劳斯的那样。但我分明知道那是你的崇尚，你的榜样。

十一

皮皮写你，题记用了爱因斯坦的话：“我孤寂地生活着，年轻时痛苦万分，而在我成熟之年里却甘之如饴。”

刚看了题记，你就放下稿纸，嘴里念叨着，“这皮皮”，一边就去摸烟，找打火机，不慌不忙点着了，舒舒服服地猛抽一口，等烟圈慢慢散尽，然后仰着头，才开始说，“这个皮皮”，无限感慨地说，“真是说得太好了，没错是我，我现在的感觉就是这样，甘之如饴！这皮皮从哪儿找的这句话！”你点点头，又说一遍！后来，你又说过多少遍记不得了，每次想到这句话，总要感慨。你认同用这句话来开始说你的一辈子，我真是无比心疼又无比欣慰。

真的，你真的是“甘之如饴”！你真是“大松心”。锅碗瓢盆吃喝拉撒都不用你操心，我们吃得饱，穿得暖，吃得香（你当年说，只要还能有炸酱面吃，就能活），穿得漂亮，我们有电动轮椅，还有移位机，我们有善良聪明的小阿姨，还有数不尽的天南海北帮助我们的新朋老友，我们不买房子不还房贷，不评职称不做官，我们不挣大钱，不得大奖，没有要跟别人竞争的，也没有什么要乞求别人。欢呼和抑郁都与我们无关。除了想你的问题，写你的书，外边的所有污泥浊水都进不到我们家里。我们俩挣的钱足够我们买想看的书，想看哪本就买哪本，还够我们有好朋友来的时候请他们在门口的小馆子里吃一顿（那是你当年想望的好日子），甚至还可以帮帮我们有了难处的亲戚和朋友，你知足得不得了！还有，你每天看到自己的老婆，都要满意一次，再满意一次！婚姻是冒险啊，上帝待我们真不错！皮皮，你怎么知道的，你怎么那么会说话，说到了他的心坎。

一个无限感慨的开头是一本书起始的动力。我相信，皮皮引的这句题记，是你写《地坛与往事》的缘起。

今天，我甚至以为，那是你在告别，你怕来不及告别你就走了。

那是你在最后的几年里最想说的话，往事，终于以一个老人的视角呈现，那里面不仅仅有坦然，有自信，有自由，还有，简直可以说是热情，对重温的热情？抑或满足？是森的热情感染了森？还是因为森站在森的位置对着未来……

几乎每一个细节都有来历，每一句话都有出处，每一个人都有名字，每一处含蓄都意味深长，每一处重复都是必须，每一个不曾经历的情节我都听你说过，每一种经久萦绕的情绪我都熟悉、我都理解，那种目光我知道她的方向，那种微笑我知道他的自由……

那些纷飞的往事，母亲和恋人，“日渐虚幻却永不磨灭”，几十年的思绪，和梦，终于丰饶。

爱情之歌终于唱出：

我坐在轮椅上吻了她，她允许了，上帝也允许了……

在晴朗或阴郁的时刻，如同团聚……

（要像黑人灵歌一样，忧伤要在久久的高音区消散，遥远了再遥远，但永不遗忘。幸福震撼似的降临，一桩接着一桩，合唱终于迎来，团聚了就永不再分离。那些苦难是曲折的，欢乐却简单，执着终于灿烂起来，像祈祷看见了梦想。）

（那些灵歌，我们总是在周末上午的阳光里听，忧伤也雄壮。）

那些歌，那些景象，后来被你看作了征兆。

那些折磨，你已经不在意它是否真的发生过，发生在你身上还是发生在老屋里那些残疾哥们儿身上，都一样。要紧的是它们给你的启示，已经成为理性。

终于可以告慰，终于平安。

那不一定是电影，那不是电影，那是魂牵梦绕你的影像，是心里的“想电影”。

那是印象，刻骨铭心的印象，比真实更清晰。要是拍摄，就是妄图拍摄你的全部印象，你的一生。

你反复地在写那些印象，一生都抹不去的印象！你不用另外的语言和故事，你不，你就直接把曾经写的拿过来。因为那种思绪就是来自那个细节，那句诗就是来自那片云，那处创伤就来自那个早春的午后，那种安慰就是来自那种眼神，那种恐惧就来自那个可怕的孩子……你的感激就是来自那个天谕，你的情歌就是那间老屋，你的凄苦就是那个梦，你的埃及就是那样走出，你的爱人就是那个顺水漂来的孩子……那些印象，那些挥之不去的印象，就是必定要加入你的，就是必定要成为你的。不管你在哪儿写，不管你写什么，它们都“挥之不去”，它们已经和你的生命融为一体，跟你一起繁盛、生长——在你的身体里，在你的作品里。这些印象，就是你的魂，在你所有的作品里持续回旋，是那些印象造就了你，是你给了那些印象梦想的生命。

你的印象，就是你的历史，就是你。就像你说的：我的全部印象才是我。我相信，你也是在这魂系梦牵的印象里走来走去，终于看清走过来的路，终于明白路是这样迂回往复上升着的。往事终于定格。

我想，那部电影，让人“想”的电影《地坛与往事》，开头应该是满天的树，树梢，对，是一个人仰起头，坐在轮椅上看天，看参天大树，轮椅转来转去，天空在晃动，跟着轮椅在摇曳，有时候慢，有时候晕，有的时候，静下来，仿佛世界不再转动，轮椅也不转。然后，树越拉越远，看见了林子。一个人，在林子里，在天空下，微乎其微，所以养分足够，足够喃喃自语，足够思绪万千。

结束的时候应该是那群鸽子，徘徊于楼峰厦谷间的鸽子，它们“以鸽子的名义在天地间盘桓，永远都是以其艰难的路途、卓绝的寻觅和对团聚的渴盼，在一座座神魂颠倒的城市里传达着生命本真的消息”，它们“已然超越了时间，因为它们确认了一条命定的恒途——在祖祖辈辈无尽无休的迁徙中，没有什么成就可以作为路标，唯美丽地飞翔是其投奔”。

那是“你”永久的歌吟。

它们会捎来你的消息吗？

让『死』活下去。

你说过的，

我们不管那形式，

我们不论怎样都在一起，

“在天在地，永不相忘”。

Shi Tiesheng

○

春天一来，

院子里的玉兰花会最先开，

不管料峭的寒风还在刮，

年年都这样……

○

傍晚，我们也还是去地坛。

你让我和一棵又一棵古树合影，告诉我从前这里的样子，

我们慢慢地在这院子里走，心中平安如馨。

Bei Ming

向往一座墓，是为了不朽？

是为了看见有一天，有一个热爱和理解你的人，

不管这个人在未来哪一世出生，与你隔着多少年月，

不管他是老还是年轻，他因为能在你的墓前待一会儿而感到安慰，

因为读你的书，而跟你隔着世纪对话；

有一个人，从遥远的地方来，只为了来看看你……

Chen Ximi

我来看你了。

约翰·伯格写的《日内瓦》，他和妹妹拜访博尔赫斯之墓。

墓碑上写着：他死于 1986 年 6 月 14 日。

墓碑正面刻着：切勿恐惧；

○

背面刻着：

他拿过格兰特神剑，把出鞘的剑搁在他们之间。

（这里面有他们相爱相知的故事。）

Chen Ximi

○

阳光下一望无际的将士墓园，

是最晴朗美丽的，

给人一种豪迈的欣慰。

那样的墓园会使人产生想象，

与尘俗生活无关的想象。

孤寂。

我孤寂地生活着，

年轻时痛苦万分，而在我成熟之年里却甘之如饴。

Chen Ximi

那样的地方，离天近的地方，

有树的地方，有山的地方，

人少的地方，

一定就是你可能待的地方。

Chen Ximi

跟你在一起。

我一个人坐在那里不用跟别人说话，

看着天，看着高高的树梢，

有一点安慰，

好像终于找到一种形式，

可能跟你在一起的形式。

Chen Ximi

真诚

○

我们都奢望，

会有一个不同凡响的“重逢”，

我们都愿意相信，

存在着不同凡响的“生长”，

我们更是深深地知道，

它的土壤是真诚。

Chen Ximi

生命

○

树一遍又一遍地绿，

顽固、耐心，从不停顿，

不惜用尽所有的水分和养料，

不管之前的冰雪和之后的烈日，

只顾蓬勃饱满地绿着。

你说，你看见了吗？

那就是活下去的生命！

○

在那里，目光真的像思绪，

只有树林和蓝天，看见的分明是你。

那时的我才是一个人，

那个只和你在一起的人，

那个最想念你的人。

Chen Ximi

十二

还有几天就要过年了，偶尔的炮声越发让小区显得安静，人们似乎都在冬眠。外面在刮大风，风的声音超乎了通常能够形容的，隔着厚厚的窗户，那声音更像是被看见的，但是太阳，照样高高在上，风刮不动光线，我总是在这样的光线里，看见你坐在桌前的剪影，我就轻轻掩上门……

因为你再不用出去透析，所以今年的风像雨一样肆无忌惮。我们家里静得只有阳光在说话，说你每天就是在这样的光线里写作，就像你去年给我的短信里写的："我窗外有一轮朦胧的太阳，而且室内温暖……"

你每天就是在这样的光线里写作，你说那是你最惬意的时候，你熬呀熬，熬过了透析，熬过了失眠，挨过了躲不过的俗事，就为了坐在书桌前，打开电脑，度过一段自由的时光。你说你心里有写不完的东西，只恨万恶的透析，耗得你筋疲力尽。你说写作还是一件体力活，所以你着急去换一副身躯再来干。

你终于歇息了吗？你这会儿在忙什么？

你让我不得不执着于神秘的感应，执着于异次空间传来的消息。

人们都说缘分。都说两个人好，必得是上一世有缘。那我和你，我和你史铁生之间，我们的缘是什么呢？

我和你在前世有过什么故事？是什么关系？我想我也许可以自己编一个，虚构一个，一个让自己满意的故事。可是大脑一片空白，像是有屏障，强行比照过去看来听来的故事，哪一个拿来都不对，真的很奇怪，一想到那些浓烈的善与恶，那些充满了曲折的故事，那些可歌可泣，当然还有平庸，都强烈地拒绝，心里确凿得很，这些绝不是我们的故事，一点点都不像！

我就等着，还是屏障，脑子里什么也没有，出来什么，马上就知道不是，就否定。再等，发一阵呆，好一阵子，然后一下子有了一个，马上就觉得对，你猜是什么？我们上一世不认识！对，或者几乎不认识，也许有共同的朋友，有过一面之交，可我们甚至都没有说过话。我们最多仅仅是互相听说过。

想出这样的关系，我开始满意，连生理上都觉得舒服，真的。那说明这是对的？因此就可以说这是回忆出来的？可这，是我们的缘吗？不认识，也叫缘？

那么，我们两个上辈子是什么样的人呢？要是听说，彼此听说到了什么？

又想不起来了，想不起来我们各自的故事。

应该可以肯定的是，那一定都是有关爱情的。我们两个都是情种，在上一世就都是情种。

再发一会儿呆，就慢慢地有了一点眉目，或许：

那个男人是这样的：抽烟，差不多是烟鬼，但不喝酒。跟一个比自己大十几岁的优秀女人葆有长期的高质量的婚姻。对爱情的心态，一直如童贞般纯洁。这个男人如此幸运，居然找到与自己相配的女人！

那个女人声称，只找最好的男人，终身的理想就是爱情，就是找最好的男人，到处这样张扬，并且努力去找，去尝试。却总是因对男人的失望而逃离。每一次都是认真地开始，投入，每一次都以逃离告终。结果终于孑然一身。

关于那个男人的美满婚姻，传得到处都是，她记住了他，遗憾他已经属于别人。

那个女人的执着，也传到他那儿，他就想，我为什么不可以娶两个？（你上辈子就是这样的家伙！）

你说我编得太离谱了，我也觉着离谱。但是你让我往下写。

不认识，也是缘。

他们离得很远，最多也只是彼此听说过。

他们为彼此做的准备，不是物质的，不是血缘，不是距离，就是说，上一世他们不是兄妹也不是亲戚——亲戚是被选的，爱人则不是。他们谁也不是谁的什么人，他们都是“我”，是自己，用第一人称说话，也真正理解对方同样在以第一人称思考。之后，最重要的是，等基督的目光降临，他们就想要合二为一。[①]

他们“不相干”，所以他们下一世才能彼此吸引，更加吸引。

---

① 参见薇依“论毕达哥拉斯定理”，见《柏拉图对话中的神》。

他们是异乡人，是相互找寻的人，为了探访彼此，途经几世。

因为倾其所有终究要找的也一定是倾其所有的那一个，那样才般配。

因为诉说必要找的那一个一定是倾听，因为面对无比的专注才能有无比的诚实，因为他们心里的上帝是相同的那一个。

他们是，终于要被彼此认出的那一对。

下一世，他们仍将相互寻找，并且找到。

要是让你来“回忆”，你会“编”出什么故事？什么样的故事你能接受，会觉得对？

对了还有，上一世你就是男的，我也是女的，两个人都是典型的男人和女人，生下来就是，前世就是，而且还是绝对的异性恋。这个肯定没错的。你说对吗？

其实，你知道是我瞎编，我真想听你也瞎编，我们怎么会忘记做这件事了呢？

确实，我们俩，我相信我们俩原本不是一体，谁也不是谁的另一半。我们俩的相貌完全没有人们说的夫妻相，真正是南辕北辙，于是只能这样说，越不像，就越能做夫妻，或者说，不像的一对要是对了，就对上加对！再比如，你是蒙古族系的，爱吃羊肉，可我不吃羊肉不喝奶；你那么爱体育，我终究一窍不通；可我们是一对，是在人间重配的一对。我们都那么热爱哲学，太共鸣那些深刻的见解；我们都那么有感觉，对那些微妙的独特；我们都是爱情至上，对感情倾其所有；我们彼此袒露一切，我们都懂得活得好的法宝是真诚。

对了，别忘了你说过的下辈子还要娶我。

你说你下辈子一定身体健壮，或者是运动员，我说我可不想要傻子，你说我不懂，好的运动员没有傻的，笨的人不可能做运动员，那些跑得快跳得高的都非常聪明。算你说得对。那我当然也不再是瘸子。一定优雅漂亮，对，比这辈子文雅，就是你喜欢的淑女。我们说好的，你要等我。

以前我说要是再选一次专业，我就学哲学，现在改主意了。我要学外语，好几门外语。哲学不用跟别人学，有了外语这工具，学习就有了通途。文学和哲学，哲学是寻找第一因，文学是表达，这就够了，够我们一辈子干的。你下辈子除了身体好，还有什么要改的吗？脾气改好点？要是改成了娘娘腔可怎么办，啰里啰唆的男人，温柔无比的男人，我可不喜欢。还是这样吧，就像今世一样，我喜欢男人有男人样，我喜欢男人黑黑的显得粗犷，喜欢男人沉默抽烟的样子，当然最重要的还是得有思想、有幽默感。这些你都知道，下一次来一定不会忘。我呢，对男人的上心和周到，不能再超过今世了，何况你下辈子身体健壮，无须无微不至，否则你一定烦我。再有就是，自然和爽朗，那是你最喜欢的。有时也要矜持一点，优雅一点，主要做淑女，偶尔也“疯狂”。

还有，漂不漂亮无所谓。对男人，不论外表多么英俊的男人，我都害怕他们说出话来，说出让你失望无比的话。而所谓难看的男人，等到他的幽默他的深刻在谈话里表现出来，我就能忘掉甚至喜欢他难看的外表。

女人就得漂亮，这是为什么？我知道你是要漂亮的，那我就漂亮吧，但是我喜欢单眼皮，我觉得一个爽朗的单眼皮姑娘才生动，还有，似乎单眼皮的女人才更优雅，你觉得呢？当然仍然漂亮，毫无疑问。

但是要不要孩子呢？真是犹豫，看看我们投胎到哪里吧。

以前我一直说自己是一个爱男人的人，甚至戏称是男权主义者。可是近些年来我越来越发现，优秀的男人就像聚集在金字塔的顶端，虽说女人到达顶端的很少，可是，那金字塔的中部，承上启下的，几乎都是女人。女人，达到了基本水准的，明白、勤奋又坚韧的，太多太多。这你不会不承认吧，你也眼睁睁地看见了那些个男人，那又一个男人，以及那些个女人，优秀的女人。也许，是女人对男人的期望造就了男人，是女人对自己的爱塑造了女人自己。男人对女人的需要表现在男人重视女人对他的期望的程度，女人对他的期望愈高，他愈看重这期望，他的成就就愈大。女人对男人的需要是为了男人，男人对女人的需要是为了他们自己。

我这些怪论你同意吗？算一种说法吧，你抬头一笑：就是说你造就了我？！

下一辈子，不知道什么时候才会开始。但我知道，不论我还要活多久，你都会等我。

十三

H 回来了。

因为她和你有过长久的肌肤之亲，所以她应该也是我可以毫无保留的人。

H，你是他的旧情人，没有比这个称呼更叫我感到亲近了，更能使我愿意和你讲心里话。听到你说，那些年里你几乎每天都去看他，我对你充满感激。无论怎样，你给过他这么多的爱，这么多的安慰，用他自己的话，他曾经对我说过的，他说你是救过他的人，他一辈子都不能忘。你一定还记得十年前我给你的信："我经常想，要是没有你，说不定史铁生会走不过那段艰难的日子的。"我一直都这么想。像你这样真诚和简单的女人，无论是现在还是那个年代，都是那么少。虽然你也给他带来过痛苦，那痛苦的程度，虽然也是无论怎样形容都不会过分。

对于今天向过往做的一切，他说的最多的一句话是：完善自己。

我现在越发懂得他所做的一切的意义。但愿你也懂。

你，史铁生，你看见我和她在一起吗？在一起谈论你，我知道你愿意看到这一幕。

那个地坛里没有说出来的故事，你忘不了，我也忘不了。

虽然我早就听见你已经坦然，已经感慨。可每一次想起，现在想起，那一点一滴无声的惨烈，还是让我心如刀割。因为我和你一样是情种，和你一样"用尽全力"，和你一样信仰爱情。

在那桩刻骨铭心的爱情里，我看到了你的自信，你的执着，你的疯狂，你的自尊，你的骄傲，你的谦卑，你的诚实，你的固执，你的善良，你的幼稚，你的软弱，你的盲目，你的隐忍，你的高尚，你的信仰，你的绝望……

要是读到你当年的书信，那么我这样写就一点也不过分。

一个有骨有肉的男人，爱到极致的男人，心血枯焦的男人。在这个世界上，找不到，找不到任何方式可能安慰这样的男人，“那叫人瘫痪的绝望”——曾经以为最可怕的绝望，在这里什么也不算，他已经瘫痪了，真实地瘫痪了，他的绝望，让瘫痪微不足道。

他是个男人，是个瘫子。全世界的人，所有的人都同情他，却不理解他，不懂得他。他们不知道，一个瘫子，照样会有欲望，有人的欲望，有男人的欲望。全世界（！）都轻轻地不假思索地否定了他，否定了他的爱，否定了他的欲望。他们还不知道，一个瘫子，也会有魅力，也会被欲望，会被爱！被一个不瘫不残的女人爱上！全世界（！）都不相信这样的爱会长久，会有生命力！

不是不知道，是从来没有人把思绪停在这里，没有人停下来仔细想一想，站在他的位置。

他站在他的位置，上帝要他站的地方，对着上帝做。

一个瘫痪的男人，对他心爱的女人并且爱慕他的女人说，如果你确定不是爱情，就请离开，再痛苦也是我自己的事；如果确定是爱情，就必须留下和我在一起（决不要跟那些俗人一样）。

一个一根筋的男人，执着到蛮横。（——通常的情形是：我不能给你幸福，你走开吧，你走开我不会怪你；你有权去追求自己的幸福——他给不给得了幸福似乎不用讨论。）

卫卫“读”出了少见的自信：他竟敢以为他一定能给女人幸福。（——事实上他真的做到了！）

也有人“读”出了必然：因为只有这样，“爱”才对这两个人真正存在，唯如此，爱，才确立在真正的爱的位置（意义）上——对一个瘫痪的男人尤其如此。因此这是唯一正确的态度——不，做法，唯一正确的做法。

上帝给你的是自由，他让你自己做。

他只能为他的病负责，负责到底。他没有错，可他没理！没理的人就只有自己受！

他要是自杀成功，是他的福气！他要是把房子点了，也没有什么不应该！

我看见你一遍一遍地给自己写，一笔一画地给自己写：世界上最没理的人是谁？——史铁生！

你只能用诚实，只能用智慧，以男人的胸怀、男人的骨头。

谁也帮不上你。你要一直等，等到那首歌唱起来的时候，你写的那首歌：

我坐在轮椅上吻了她，她允许了，上帝也允许了……

——那个时刻，我终于泪流满面……

那个地坛里没有说出来的故事，在你心里，也在我心里。

过往的爱，在我们心上一样重。

你想象、向往的“重逢”是：

……她看见了他，忽然认出那是他，于是不管她正在干什么都立刻停下来，一动不动，笑容慢慢融化，凝望他，像他一样，不招手，也不召唤，互相凝望，直至夜色深重谁也再看不见谁。[1]

我的日记里曾经也有过梦中的“重逢”：

---

① 引自《务虚笔记·白杨树》。

他们坐在房间的两个角落，远远地相互望着，不起身，不说话，没有一句话，用全部身心望着对方，一直望到两个人都泪流满面……

我们都曾经不惜燃烧和颤栗。我们都有这样的经验，当你向另一个人敞开自己的时候，不仅感受到了世界的接纳，更感受到了自己的存在，在发现自己。有一个“他”，不再是“别人”而是“你”。“我”不仅仅是在爱“你”，爱一个别人，更是在审视自己，在探索人生，在爱自己的爱，在走向上帝。就像索洛维约夫说的：“我们在爱情中肯定了另一个性的绝对意义，而这样做也就肯定了我们自己的绝对意义。”所以我们在爱情中经历的，更是自己的成长。

我们深深地读懂了：看不见而信的人是有福的；所以知道：不依靠实现而信的人是有福的。我们终于竟可以说，是“痛苦”滋养了我们。对过往，我们知道美和真诚要被纪念，不能轻慢也不能忽略，不能折损也不能玷污。

你说的：“他曾经是这样供奉的，现在依然这样供奉着，故不容忍以任何理由来修改它、轻视和偷换它。他供奉的并不是一个具体的人，甚至曾经也不是，他供奉的是爱情本身，是一种理想，是心魂万死不弃的一种信念，这就是神约。换言之，现实的爱情虽已结束，但这并不使他迁怨于爱情的理想，并不因此而轻慢爱情本身，这就是对神约的供奉。”[①]

对于“重逢”，我们都不能容忍简陋与平庸，更知道它的旋律一定不是轻松和亲切。你在《务虚笔记》里写过了，懂得的人就不会错过读到。

看重过往的人，才会看重今天，“保存曾经的独具与美丽”，“把曾属现实的美丽封存进供奉的美丽中去”[②]，而不是否定和漠然，这是一件大事，是人必须要去想、去做的事。

不存在和今天断裂的过去，不管是在外面还是在心里，对每一个曾经的“我”的“你”，我们都必将遭遇“重逢”。我们都奢望，会有一个不同凡响的“重逢”，我们都愿意相信，存在着不同凡响的“生长”，我们更是深深地知道，它的土壤是真诚。

你一直都在做这件事，做了一辈子。你最看重的事情，是爱情。你以无比的诚实、勇气和智慧，尽全力做到了极致，做到了最好。你说，这是人生里最重要的事，我也这么看，

---

① 引自史铁生未刊稿。

② 引自史铁生未刊稿。

我们完全一致。

现在我更加明白，你所做的“完善自己”有多重要——关于H。

我现在受惠的是，在别人提到H的时候，完全的坦然。

你让我再一次给她寄书，我说，太贵了，寄国际邮件，我寄不起了。你笑，你说，你敢不寄？地址变动，被退回来了。你又托老同学辗转打听新地址，当着老婆，你做这些事心里真有底。你知道你该做这些事。你知道我也知道。你知道你活着的时候，必须做好这件事。你想到了，就去做。没有耽搁，没有犹豫。你做得坚定，从容，因为那是你想过无数次的事情，那是你心里最宽厚的地方。你怀着最大的善意，就像是命运必须要你去做的，更像是你对命运最大的感激。终于，没有给自己也没有给别人留下遗憾，你做好了你认为应该做的一切才离开。你知道我因此今天会坦然。你就坦然。

那个地坛里没有说出来的故事，是你的，也是我的。你的故事，我的故事，都是我们的故事，是我们的思绪，我们的养料。在说出和续写那些故事的努力里，我看见了你无比的执着，终于懂得，只要我们怀着最大的真诚，就看到了最广阔的路，发现最不同寻常的起点，得到最大的收获。

十四

你说你很多很多年没有坐过火车了，特别想念坐火车的感觉。想念车窗外有速度的风景和伴随着有节奏的声音的夜晚，还有摇晃的车身，那种有根基的摇晃，连着大地，那种速度能被感觉到，有一种实现了的前进感。

我也很多年没有坐过火车了，因为我总是和你在一起，因为我们总是一起去共同的地方。现在我在火车上，想起你说你很想再坐一次火车……

我一个人坐火车出门。

夜晚，窗外没有风景，只有远处点滴的灯光在漆黑里闪。夜色里的站台冷冷清清，越看就越遥远，启动的列车就要重新开进黑暗里，越来越快，越来越黑。不变的节奏模仿着永远，带你向往，向往更深的黑暗，让孤独更加孤独。

不知道自己愿望什么，不知道想要怎样，是不是要火车无休止地开下去，开进深山，开进老林，再开上旷野，开到天边，永远也不停下来，从日出开到日落，再从日落开到日出……

窗外的风景从近到远，又从远到近，相似又重复。白天过去，黑夜又来临。哪儿也找不见你，所有的地方都没有你，漫山遍野都没有你，白天黑夜都没有你。

是不是要等到路过葵林——爱情发生的地方，等到葵林越来越大，越来越频繁的时候，终于，列车就会“在葵花熏人欲醉的香风中迷了方向”？

也许，你就在那里，在葵林，在你印象中的葵林里，还记得吗，你说：“……让我们到风雨里去到葵花茂盛的地方去，让风吹一吹我们的身体，让雨淋一淋我们的欲望，让葵花看见我们做爱……我们等了多少年了呀现在就让我们去吧。”①

---

① 引自《务虚笔记·葵林故事》。

那样的时刻，那样的见面，一定在我的无限的孤独里，在我一个人要去的地方。一个人去，才能遇见你。

窗外平原一望无际。没有海。你一定不在海上，你似乎与海无关，虽然你说你一直以为你从南方来，你的女人也必是来自南方。

北方是你的老家，北方的老城，是你的童年小街，那里“尘土和泥泞铺筑的路面，常常安静，又常常车马喧嚣，拉粮、拉煤、拉砖瓦木料的大车过后留下一路热滚滚的马粪”，“冬天，路两旁的凹陷处便结起两条延续数十米的冰道，孩子们一路溜着冰去上学觉得路程就不再那么遥远”，那样的小街上，有一个男孩，长大了才知道他其实小小年纪就能看见“小酒店昏黄的灯下独斟独泣的男人”[①]，小小年纪就似乎懂得热闹的戏迷和众望所归的琴师是人间的欢乐。北方是寒冷的，是平凡的。平凡的北方是你的家乡。

南方，或许是浪漫，是女人，是北方的向往，还是北方的想象？

我要是坐上开往南方的火车，你就会与我一起。

---

① 此段中引文均见《务虚笔记・小街》。

我终于真的坐上了开往南方的火车。

窗外的葵林，又小又凋零，那不是我们的葵林，不是我们的驿站。

我更加知道，你没有和我在一起。想出来的方式是一种虚妄，不可以真的去做，一做就落到虚空里。

可是我还是应该去一个地方，与你有关的地方。一个人去一个地方。一个人，就意味着与你一起?

我试着一个人去远处，我们曾经去过的地方。坐了很长时间公共汽车，车窗外的喧闹像远处的无声电影，一幕接着一幕，都与我们无关，我像一个搭便车的隐身人，只和你在一起。

我们曾经好多次来过这儿。我慢慢地走，找到没人的地方坐下来，眼前只有树和远处的山，我一个人，想，或许你也在?

那样的地方，离天近的地方，有树的地方，有山的地方，人少的地方，一定就是你可能待的地方。我一个人坐在那里不用跟别人说话，看着天，看着高高的树梢，有一点安慰，好像终于找到一种形式，可能跟你在一起的形式。我想，我以后每个星期都要来，一个人来，是多么好。在你喜欢待的地方，安安静静地和树在一起，只看见山和云。

又想起挂心的事。你传来话，你说你要“入土为安”，你说肉身是这次轮回的一个物质体，对你很重要。结束了，就要让身体入土入水。你说身体是地球的一个礼物，要归还地球，因为地球也是一个生灵，什么都有，也有心。埋了，你在地球上的负面就不会再压着我，就跟着入土。不埋，你就很难进入更高的层面，因为还没有了结这个物质体，了结了，就可以升华得更高。

当然你还说：埋了，我会更好地和你在一起，但是你有权不埋。——这话无疑是你说的。这像你说的话，特别是“你有权不埋”，你是这样的，你说过，我做什么都是对的，就是最好的。

但我要按你的心愿，要让你更自由，进入更高的层面。

可是我把你放在哪里？我不喜欢我见过的那些墓地，简陋、喧嚣，或者奢华、雕琢，我也不愿意你和不相干的人整日在一起。而要是在遥远的普林斯顿，我怎么常常去看你？

你说：你到时候就有了，就想出来了。你已经知道我要埋哪儿了。

真的吗？我不急，我等待。我相信我会感觉到。

想起关于“墓园”你还写过：“……有一块位于城市边缘的野地就好；三十年前的地坛确曾就像一片野地。……若再有几处残垣断壁散布林间，自然就更好；便只是些乱石土岗也够了，未必它们就不比地坛见证过更多的人世沧桑。”[①] 我得给自己一个理由，来自于你的理由。

也许，感觉是逐渐到来的。先是地坛，然后是……每次在电视里看到荒旷的山野和树林，就觉得那是与你有关的，你的“墓园”，总是与土地、与树有关。很奇怪，从来不是海边，与海无关。

会有一天，你终于告诉我，你选好了地方……

也许，只要我不断地去一个地方，我，我们，能把一个地方待出意义？

我等待我的感觉成熟。等待确凿。

一旦确凿，我就不会迟疑，我会想办法做到，我不会留下痕迹，我会默默记住那个地方。

我去看你，其实总是我们一起去，因为你不在任何地方，你老在我旁边。因为李爽说的：“其实埋哪儿都无所谓，他那种人、那个层面的人埋哪儿都无所谓。只需要埋，只要一个举动，把我的在身机器做一个交代，向地球做一个交代。其

---

① 引自史铁生《地坛与往事》。

实他们被埋的人根本不待在埋的地方，不在那儿。在那儿只是你们的想象。你们两个，不埋在一起也无所谓，你们说在一起就在一起。”

是的，我们说在一起就在一起。

你不是说你下辈子要做风吗？

说起下辈子，有人说要做鸟飞翔，有人说要当一头什么也不想的猪，傻吃闷睡不痛苦；也有人还想要做人，做人上人……你却说你要做风，就是那有时轻盈，有时狂暴，摸不着抓不住，却能摧枯拉朽的风，却能推波助澜的风。风，在又不在，有动静有生命，又似无生长无历史，分不出彼此，看不见过往，似驻一片疆域朝一个方向，又似终年走南闯北，在这里也在那里；它是过去也是将来，是整体又不是整体，这一阵风也是那一阵风，昨天的风也是今天的风，真正流浪到天涯，真正是侠客；它一视同仁，不做区分，一往无前，又戛然而止……

你要做风！自由凛凛的风！它太高了，太远了，太快了，它是永远和无边！所以你要做风！

那风会刮过爱的葵林。

那风当然经过地坛，也经过普林斯顿……会到每一处我去的地方。

那风比得过火车，比得过飞机，不论我到哪里，都紧紧相随。

那风里，必带着你的味道，你的声音，你的牵挂，你的力量。

我又出门了。

开春了，人太多，太多了。你不喜欢去那么多人的地方。我就去了更远的地方，我要找到一处我一个人能去的地方，我们能够单独在一起的地方。凭我的体力，能走到多远，就走到多远。

我不急，我知道你们那里没有时间。我不急但我也不会停顿。

我知道，你的墓地，是被我找到的，一直就在那儿，等待被我找到的那一天。

十五

你说：

> 我一直要活到我能够
> 坦然赴死，你能够
> 坦然送我离开……

我想你做到了，我也做到了。

又拿起《西藏生死之书》，执着于你临终的感受。

我反复回忆那天晚上，在我和史岚一起决定放弃治疗之后的情景。我的意识里，根本没有死的概念，我不懂，也没有想。我只是守着你，心里竟然都是安慰，我想，我没有让你进 ICU[①]，没有让你离开我；我没有让他们把你弄得一塌糊涂，到处插管；我像你说过的那样，一直抓着你的手，陪在你身边；我们没有在混乱的急救室，而是在安静的小房间，有最好的朋友在你周围；我想你终于走在我前面（再也不用担心我万一出事——这是一件绝对不允许发生的事情），我能送你，是我们俩衷心的祈求；你一直祈祷“嘎巴死”，上帝终于成全了你；而整年在国外跑的凌锋大夫，居然正好在北京，没有她，怎么能完成器官的捐献？那也是你一直的心愿。一月四号的葬礼上，我和大家一起听到你的肝脏被成功移植，接受者正在康复的消息，心里不知道有多少安慰！一切在冥冥之中，有条不紊，不能不说是上帝的安排！

虽然你什么都没有说，但这一切你一定都知道，都看见了。你看到我们没有慌乱、没有哭喊，你就坦然了；你看见我就像一个好学生，按照先前教过的去做，一样也没忘记，你就放心了；你就镇静，你就从容。

你，正如你说，“……而信者坦然，并劝那一躯肉身——

---

① 重症监护室。

史铁生——也要镇定，以便看那永恒的‘欲在’将展开怎样的另段路程”。你早说过的，你要练习，你的证悟力会帮助你，你不会慌乱，你一定专注安宁，你的心稳定又有力量，会打开“地明光”之门，认证它的深厚、广阔和微妙，显现它完全的辉煌灿烂。

现在，另一段旅程已经开始。

你从那边传来话：我发现宇宙没有时间，只有转动，希米没有时间就没有分离！我希望带你进入转动。

你说，我死的时候你还要来接我呢。

是你说的吗？你托李爽告诉我的吗？李爽还说她的异次听力只有百分之七十。那你还说了什么？异次空间、时间隧道，那一直是你热衷的领域。你说过的，郑重地说过，一俟你到了那边，你就会想方设法递来消息，跟我们联系。

没有时间，只有转动。所以不停息，不停息时间就不出来。在有限里（在时间里）才有分离，有先后才有分离。在永远里，没有断点，就没有分离，没有度过的“时”“刻”，就没有分离——没有时间就没有分离！

你在哪里？我们只是空间的相隔？我们只在空间不同的

某处？只要转动，只要不是匀速——一定不是匀速，我们就可能相遇？！

你怎么知道布谷鸟咕咕钟从来不准？怎么知道我竟很满意这样，因为你知道它是买给你的吗？谁知道你的世界的时间？！所以随便它走到几点，我只要它走着，只要它唱歌，只要布谷鸟欢快的叫声！只要他和她亲吻！所以我从来不去对时——于是你说：没有时间，只有转动！

是你找李爽来的吗？我以前根本就不认识她，她怎么忽然正好就碰见了我？对了，她说你就在我旁边，你能听见我们在说话。那天刘索拉不是也这样说过吗，她也说，你就在我身边。你说，我死的时候是你来接我，李爽说你还挺幽默的，这话像你说的，我信。她又不了解你，很难编出这样的话。我问李爽，是不是我老想你，会拖累你干自己的事。她说没有什么不好的事，但我要爱“我”，要专注，要照镜子。我想我懂，就是说，“爱我”，专注自己的“脸”，眼睛往里面看。始终把深入内心当成第一位的，就是坚定自己，坚定“我”——这个我，现在最明白要做什么。现在我在好多事情上的态度好坦然好纯正，像是修炼忽然上了一个台阶，以前要反复几次才能克服的，现在一下子就克服了，甚至不用克服，就取了正确的方法和态度。——这是你在帮我吗？

我要专注，专注做自己的事情，做好自己的事，你就也能做好你的事。

冥冥之中，一直都是你在？忽然一切都清晰起来。我觉得，卫卫肯定也是你找来的，从卫卫来的那天起，我才能发出爽朗的声音，之前每次说话都要努力，要用理智才行。我想，也许，我妈他们来也是你的主意，是你急就的决定，后来发现不行，这不是个好办法。但是，排话剧不是你的主意，是这个世界要为你做的。我很确定这点，真奇怪。冯丽来，很合你的意，但却是她自己的主意。这几点，现在好明确。H来，却是我的“主意”，而这个主意，是发生在你死之前，和你的死没有太必然的关联。L来，是你和她共同的主意，是她提出你认可的。王雁来，不是人间的事，是你们那边的决定，但你没参与。

还有一些你我都知道的，我们一起决定的事——现在异常确凿，所以我才心定，所以我才不慌乱，所以我才基本上没做让自己后悔的事。

别的事情，就都是人间的事了。有些是干扰，比如XM（与她的好意和善良无关，只是就对我而言是干扰），还比如XD（她可能是一种正向的干扰）。干扰是正常。要接受。要拒绝。

要坚定。

小玉跟我提到 seth（赛斯），我在网上查到了很多资料，这几天在看。有不少点说得很对，我很专心，也很有体会，要是我们两个人一起讨论，那会有更大的收获，这样的事情，尤其需要认同。

我试着给你讲讲赛斯的观点，你肯定有兴趣听。不得不承认，他有些说法很"智慧"，从而会对我们产生影响。

比如"赛斯说"，我们其实并不是物质的，只不过"这一世"（在这一层）是以这种形式"感知"；比如，基督事件最好地说明了"一个概念就是一个事件"；比如，"物质宇宙即意念建构"；再比如，"在没有障碍的情形下，时间是无意义的"；还有，"意识是自己注视的方向"；所谓物质实相，赛斯认为不过是我们的意念的投射……这些说法都很有说服力，我一听就能接受，就觉得可以想通。

虽然不能证实或者证伪，我们也绝不因此而一味宿命，或者"走火入魔"。其意义在于，它提供了另一种解释和视角，重要的是，我们的理性可以接受。接受，就会使这样的思维进入我们的态度和行为，进而在某种程度上可能改变我们的世界观。

被想象出来的难道不是存在？当然是，影响，就是在。你的影响，依然对我的影响，就是在的证据。

你又有话传来。

过完年，李爽告诉我：

> 宇宙游击队也来拜过：
>
> 同样的天［时间］，同样的地时间，
>
> 有来有去，拿起来哭，放下也不笑。
>
> 一切都不真，一切都还是片段。
>
> 当舞台空了，真正的笑声才会充满离开的那一刻！

开始我听不懂。

等时间过去，忽然有一天，我知道你在说什么了。

原来你决定要走了——舞台空了。

一年多了，现在，你死了。

你的死，终于变得真实。

你死了，真的死了。这些天，那种恍惚的感觉少了，没有了。终于有了一种确定的感觉。看见了这个世界，清楚地知道这就是这个世界的痛苦，这个世界有一种痛苦，就是死亡，每个人都会有。知道了是什么，心里倒有点踏实。

似乎比之前有更多眼泪，但有真实的现实感。痛苦似乎终于落到地上，能摸得着了。回想那种恍惚，真是难以说清，不是以为你还在而感到虚幻，而是，好像心和身体，所有的地方都悬着，绝望得找不到绝望。那种无法透彻的感觉，要窒息你。每一天，都要反复对自己说，你不在，你不会出现，你死了，肯定不会出现。显然有意味的梦，我一个人从未做出过的决定，还有那种保佑般的顺利，我都不敢以为是你的关注。太阳和树是真实的，空空的家，是真实的。你明明没有出现，没有形象，也没有声音。可我又常常陷入恍惚，有一种异样感，有说不出来的怀疑，希望有什么可以证明，也不知道要证明什么。

那种异样感，谷丹说（她早点为什么不跟我说！），其实，这是你在努力设法跟我联系，是那种联系在影响我，反映出来就是我的那种异样感。我的那些以为是自己臆想出来的你的愿望，谷丹说，那就是来自于你！只是我太习惯原先的思维，没有有意识地去接收。是我以为我功夫不够，没有能力接收，但其实，谷丹说，“来”的讯息的指向很重要，发讯息的人——你的作用是根本的，虽然我几乎无法接收来自那个世界的其他消息，对来自你的，却会异常敏感，异常准确。

虽然冯老师、李爽都给过我你的消息，可最能懂得、最能确定你的讯息的人，谷丹说，应该是我。我相信她说的。回过头来看这一年多，就更加相信。那些感觉，一旦确凿了，就更加确凿。

现在，你真的要走了？

不是，谷丹说，而是你要换一种方式了。

你决定换一种方式。

谷丹说，时间不是问题，有的人，一直在。有的人是因为牵挂，有的人是因为使命，他们一直在。而你，你还有事没做完，你还有牵挂。你还在，没有走开，谷丹说。就是说，能量还在，聚集还在，没有飘散，小狄说。

我相信，你只是要换一种方式。我会等待。我差不多知道还有哪几件事情没有做完。你会告诉我怎么做，我会知道怎么做，我确信。现在我不会再“错过”，我会主动接收，会善于“思考”。

谷丹说，那个未知的世界对我们这儿发生的，对我们的“了解”，并不全知全息，只是一个方向，一种印象，然后再成为一种确凿。我信，以这个世界的逻辑——但并不仅仅因为我只能以这个世界的逻辑。

我懂，我越加努力，越“关注”你，就会让你更加“确凿”地看见我，就能使我们之间的能量——交流的能量，不断保持和“传递”。

我还必须知道，我仍旧在这个世界，在你已经离开的这个世界，我不能执着于你的世界、你的世界的点点滴滴——虽然情不自禁。我执着的，只应该是、仅仅是你对我在这个世界做什么的期望。这一点最要紧，这个态度、这个立场最要紧。

那个巫士唐望，就始终有这样的态度，这也是我们最赞同他的地方，我记得很清楚。

十六

我相信很少有人真正读懂了卡夫卡的那些笔记，它们非常个人化，是直接用自己的生命来说的，直白到难以理解，难以连贯。而刘小枫因为有经年的深思带来的不寻常的视角，才能发现这么多枯叶上常人看不到的“经脉”。

重读刘小枫写的卡夫卡（“一片秋天枯叶上的湿润经脉”[①]），有很多联想和启发。我得慢慢写给你，很复杂，也很有的探究。

但首先，是要在家读卡夫卡，安静地读卡夫卡。

---

① 见刘小枫《沉重的肉身》。

没有走出屋子的必要。卡夫卡说：“你没有走出屋子的必要。你就坐在你的桌旁倾听吧。甚至倾听也不必，仅仅等待着就行。甚至等待也不必，保持完全的安静和孤独就好了。这世界将会在你面前蜕去外壳，它不会别的，它将飘飘然地在你面前扭动。”

从来没有像现在这样理解卡夫卡，理解他的孤独，理解他的渴望孤独，理解写作对他的必须！他是那种活在自己内心里的人，从来不放过心里面的每一个感觉，每一种思绪，时时刻刻，桩桩件件。翻看他的日记，看他关注的每一点每一滴，怎么觉得像是在关心我？我习惯了所有的感觉都要说出来，跟你说。现在听卡夫卡说他的一天一夜、一瞬一瞥，觉得好亲切，好熟悉。那种诚心诚意，那种究竟到底的执着，那种正视自己的勇敢，那种纯粹劲，真像你。

他是一个孤独的人，还是一个无比犹豫的人，他以极端认真的态度为自己解决道德困境，追寻自我救赎之路。可孤单的人哪里来的道德困境？来自于对自己的诚实，来自于该如何对付“自主的恶”？我想，这是不是就是你说的“自我完善”？

这些天，我每天都在读卡夫卡。一遍又一遍地跟你说，卡夫卡好可爱！也许别人会觉得用可爱来说卡夫卡太不着边，我可真是由衷的。一个真实到底、诚实到底、丰富无比的人，要是能跟他交流，该是多么默契。他真是洞察秋毫的，什么都看在眼里，知道那表面上是什么，事实上是什么，在上帝眼里是什么。

《灰色的寒鸦》，马克斯·布罗德的卡夫卡传记里的那个卡夫卡，不光深邃，而且帅气又亲切，怪不得那么多女人会爱上他。

这个世界容不下他吗？不是啊，我第一次读到米莱娜写给卡夫卡的朋友的信（就是写给卡夫卡的传记作者布罗德——这部传记写得非常好！），吃惊又感慨。她非常非常了解和懂得卡夫卡，懂得他的恐惧，她说，“这种恐惧关系到一切不顾廉耻活着的东西”，她说，“这种恐惧是对的”，“这个人会感觉到什么不对的东西”，“他对这个世界的了解比世界上所有的人都多一万倍”，“他不反对生活，只反对这儿的这种生活”，她多清楚世界在卡夫卡眼里的样子啊，她完全知道，卡夫卡过的生活“除掉了一切可能会帮助他歪曲生活的附属品——美化或丑化”，是一种真正纯粹的生活。我简直是松了一口气，为他曾有过这样的女友深深松了一口气（其实这只说明过去我被卡夫卡的小说蒙蔽了，他理应、必然会有这样的女友！）。

虽然我们最终都知道——米莱娜早就知道，卡夫卡“不会生活”，“没有生活能力”，“永远不会康复”，“不久就会死”。

米莱娜还说——我还是想抄给你：“事情肯定是这样的：表面看来我们大家都有能力生活，因为我们不知哪一次躲避到谎言中了，躲避到盲目无知、欢欣鼓舞、乐观主义、一种信念、悲观主义或别的什么之中了。但是他从未躲进一个保护自己的避难所，他没有这样做。他绝对没有能力说谎，就像他没有能力喝醉那样。”“所以他只得听凭风吹雨打，而我们却有遮风避雨的地方。他就像穿衣戴帽人之中的一个赤身裸体者。”对世界与卡夫卡有如此洞见的女人，一定能给他带来平安，下面的情景就是必然：“每逢感觉到这种恐惧，他便**总是看着我的眼睛**，我们就等候片刻，就好像我们喘不过气来，或者就好像我们脚疼，过一会儿就好了。”[①]（只要“看着我的眼睛”，就好了。强调是我加的，也一定是你加的。）

我真是为他曾有过这样的知音、这样品质的女友感到欣慰，特别欣慰。

你会说，我的傻劲又上来了，又要为卡夫卡高兴好些天，又要每天都说一遍……

——可是我现在跟谁说？！

---

① 此段中引文均见米莱娜给布罗德的信，见《灰色的寒鸦》。

也许我该知足，我们该知足。因为卡夫卡虽然也“承认在看得见且有尽头的世界和完美的彼岸世界之间存在着种种交汇融合点”[①]，也企图奔向他们，试图经历他们，但他终究不能妥协，终究错过了。

他其实知道，“没有必要飞到太阳上去，但应该爬到地球上一块纯净的地方，只要那里有时有太阳照耀，使人得到一些温暖即可。”[②]他的温暖太短暂了，一次又一次地被错过，不能不说是上帝的旨意，他不得不全力去完成属于他的使命。

他已经死去很多很多年了，现在再来爱他，还来得及吗？你们是在一个世界吗？

你又要说，你们女人总是想要拯救男人，这种妄想会持续一辈子。其实不完全对，我们首先是要仰望男人，爱上他，然后“越来越被所爱的人吸引”，以至于接受他的一切，仿佛他的好是用来使她爱上他的，他的不好是用来让她努力的，让她“拯救”的，是她的使命。

一说到这样的话题，你就说我不着边际。

还是再来读卡夫卡。

---

①② 见《灰色的寒鸦》。

米莱娜的这一句要再读一遍：“事情肯定是这样的：表面看来我们大家都有能力生活，因为我们不知哪一次躲避到谎言中了，躲避到盲目无知、欢欣鼓舞、乐观主义、一种信念、悲观主义或别的什么之中了。”躲避到谎言中，司空见惯。虽然我们有时候是不得不“躲起来”，更多的时候却是在欺骗自己，还自以为是。生活的真相不是每个人都敢看的。卡夫卡就像一个有特异功能的人，有透视功能的人，满眼都是真相，所以他活不下去。

人应该怎样对付生活的无意义感？

一个狭隘的爱情至上主义者的答案，多么不堪一击。

“对某种不可摧毁的东西心中没有一种持续的信念，人就无法生存。”[1]这无疑是对的，可对我来说，这句话现在显得那么空洞、无力。不需要什么来摧毁，最日常的死，就足够了。

死，从未这样真实过。我的眼里，也从未注意到过这么多的死，这个世界有如此频繁、日常的死，活生生的死。

读到卡夫卡“六月三日早晨在呼吸困难的痛苦状态中死去”，竟被刺痛了一下。那么久远的死，真正素不相识，也会被刺痛。这与相识无关，与久远无关。所以，可能现在再来爱他，也没有什么来不及。你能理解我这样写吗？我很想很

---

① 卡夫卡语。

想这样写……

遗憾的不是他没有步入婚姻的殿堂，而是，像他自己说的：“我还一直被囚在埃及。我还没有跨过红海。”

因为你说过，你终于走出了埃及——我该为此欣慰？这样的欣慰足够安慰自己吗？

某种程度上，卡夫卡也是幸运的。他有过米莱娜，他在生命最后的日子里，有多拉。能理解并爱上卡夫卡的女人，是令人钦羡的。能认出卡夫卡，也是她们的幸福。

因此，这个世界就还有理由继续存在下去？

想你，跟你一近，就离这个世界很远。不愿意向这个世界开口。街上都是人，但没有一个人与我相干，这再好不过，我看他们，不需要表情。孤独着，很享受，还想要再做点什么，好让她更深邃、更安静。街上都是声音，但是听不见，没有声音是喊我，匀速的车子仿佛静止着，晃动的景象很远很远。想一直就这么开下去，开出城区，开出郊外，在没有人的地方，在只有树和天的地方，在那样的地方，才能跟你相会。在那里，目光真的像思绪，只有树林和蓝天，看见的分明是你。那时的我才是一个人，那个只和你在一起的人，那个最想念你的人。

“你的朋友们，那些认识你很久的人，你必须立刻离开他们。”①

要是能去做，真令人向往。

（关于唐望的书，最近又出了新的，《前往伊斯特兰的旅程》，这一本你没看过。）

这样的话，明知没有逻辑，明知是错的，为什么有一种力量教人特别向往这样的话，特别向往去照着做。这话的根是正确的？也许不必也不可能完全照着去做，但这是一个引导，有力量的引导。

是因为他说过这样的话吗：“我不再有任何个人历史，有一天我觉得可以不需要它，就把它丢掉了。”“……如果没有个人历史，就不需要解释；没有人会对你的行为感到愤怒或失望。尤其重要的是，没有人会用思想把你束缚住。”② 显然不完全是。这只是一种逻辑的解释。唐望的意思是，固有的思想不再把你束缚住，就会回到起点？得到另一种目光？

问题在于，有时真的有一种强烈的愿望，想要去一个陌生的地方，想要做一个凛然的决定，离开过去，离开认识很

---

①② 引自《前往伊斯特兰的旅程》。

久的人，做一个有可能被全新的目光打量的人，对你没有预计的期望，也没有必然的责怪；在这样的目光里，你就是一个真正孤独的人，和可能开始摆脱孤单的人。这种愿望，在听见唐望的话的时候，就升起来了。这样的愿望，仅仅是因为你死了，我才会有的吗？

一个同样的逻辑是，写作，是必须，以及必须这样写。以为只有你一个人，“真诚的、毫不规避地诉说，……那时已不需要任何技巧、规则、方法，你是在对自己说，对上帝说，对生命和死亡说。‘魔法’被宽广和朗的秋天吓跑了，你一生的梦想自由地东来西往，那是上帝给你的方式，不需要智力的摆弄，而随意成诗，成为最好的音乐”[①]。——你说的，是我向往的境界。

那些东西，首先是自己要写，虽然别人会看到。

你不是不知道你不是最高，但知道这是自己的最高。你知道还有更高的，所以不会自以为是；你知道你尽了力，所以只会欣喜高人的指点。其他什么也伤不着你。

这该是应有的态度，最高的态度，我们努力要仰望的态度。

---

① 引自史铁生《给安妮·居里安 1》。

还有。

但是，别人是什么？什么是别人？这是个又大又有意思的老题目，我们说过很多年了，现在我不想管这问题。

唐望还说，“……要让自己不被得到”，“使自己不被得到，意思是你要小心地有保留地触碰周围的世界。你不吃五只鹌鹑，只吃一只；你不会为了做烤肉坑而伤害植物；除非必要，否则你不会把自己暴露给风；你不会把其他人的生命利用、压榨到一无所有，尤其是你所爱的人”。“猎人知道他会一次又一次地把猎物引进陷阱里，因此他不忧虑。忧虑就会被得到，不知不觉地被得到。一旦你开始忧虑，你就会因为绝望而抓住任何东西；一旦你抓住不放，就会为之耗尽你的力量，或耗尽你所抓住的人或东西。”[①]

什么是美德，美德就是节制。美德不是指特蕾莎那样的人做的事，特蕾莎是在模仿神，只有极少数人有这样的使命。我们人间的美德、普通人的美德是保持与审慎，是柔和跟从容的样子。这道理我们都懂。其实还要一遍又一遍地去懂，以自己的方式懂，从各种角度懂，在不同的情形下懂。

---

① 引自《前往伊斯特兰的旅程》。

我或许已经远离唐望的本意，至少远离了唐望对人类学家卡斯塔尼达的本意，但没有关系吧，我汲取到了一种态度，一种能使自己站稳的态度，使自己坚持的态度，你当然欣赏这种态度。

我意识到，自己很可能是走在一条正确的路上。你觉得对，就给我暗示！

唐望还说："……他不被得到，因为他没有把他的世界压榨得变形。他只是轻触这世界，需要在这世上停留多久，就停留多久，然后悄然消失，几乎不留下丝毫痕迹。"我当然想听出来其中的神秘，与你有关的神秘。

十七

你说你只要活六十岁。

有一天你说，我看来一时是死不了了，没有得任何要死的病。你说，我可能真要活到七十岁去了。或许你是知足，还假装有点抱怨。

这话不幸被上帝听去了，他一挥手，不假思索，就要了你的命。

任老师不是说过吗，不要乱说话，万一被听错了，就可能被带走。可我们一直乱说，终于出事了！

对此你不以为然，我知道。

你早已懂得死，我却一丁点都不懂。

因为我不懂，我才会放弃治疗，才会不让你进急救室，才会“坦然”地让你去死。虽然到今天，我依然知道我应该这样做，可要是我经历过死亡，我做那一切会多么艰难！甚至不知道我能不能去做。

我哪里知道死竟然是这样！我不知道什么是真的——永别。

你就这样死了。在你生下来的时候，就注定要在六十岁上死去；在你瘫痪的二十一岁，就注定你还要再活下去，将要瘫痪近四十年；在你结婚的时候，你不知道与我会有多少日子，十年便已知足？在你开始透析的1998年，看到已经透析五年的病人，便暗想，至少我们也应该还有五年的日子——那时想，五年还是挺多的，还在远处呢，我们还有的活；还有，在2007年的时候，居然过了一次热闹的生日，虽然是生日，却丝毫没想过终点；甚至2010年初又躲过一劫，我们以为这意味着上帝还要让你活很久呢，你以为要活到七十岁去了……

站在2007年，我看不到2010年的末尾，要是那个时候就知道只有三年了……——那么现在离死还有几年？

无论是多少年，一个有限，一个必然的结束，都必是无比短暂。人，却妄图要做一件无限的事，以一种永远活下去的姿态，知道却佯装不知，一直准备着永远，等的就是戛然而止？

你为死，做好了一切准备。所以你坦然地说到死，坦然地写到死。你深信，“我”是不会死的，你深信有“来世”，那个亘古不变的消息——“我”的消息必将一直流传。但你也知道什么是物质的死，你知道，“史铁生”没了，就是我的“你”没了。陈希米与史铁生的永别，是人间的真实。所以之前你老是唠叨：“我死了你咋办？！”可见你知道死的可怕，你知道在人间，死，是一件大事。

可我现在才知道什么是死。现在才知道，那些一听说死就哭泣的人，是知道什么是死的人，他们在人间，知道有死这样的事，以及死意味着什么。他们的表现是一种正常的表现，是懂得死的表现。死，在他们那里，是人间的真事。以前我只知道这世界上有失恋，现在知道还有死亡。现在才知道，不懂得死，就是对生命最多只了解了一半。

现在，我知道了死是生命的常态。所有的人都要在生命的某一刻经历死。所有人都要离开所有人。依附得紧，就被抛开得更远。

人必然要经历一个死，一个与自己相关的死。

现在懂了为什么说“不知死，焉知生”。

经历了死，才读得懂：“在一个死亡是狩猎者的世界里，决定无所谓大小之分，每一个决定都是面对着我们那无可逃避的死亡。”[①]

所以只有那些可能为其而死的决定，值得你做。

所以要做那些赶在死亡之前必须做的事，以及必须做完的事！

死，只在一瞬间。几个小时，几天，甚至几年，也是一瞬间，在度过的时候，你从来也不会停在那儿，不会“回想”，最后那一刻来临的时候，与平日没有任何不同，照样不可以停顿，就走过了死——无论是对于死者，还是生者。

死亡发生完了，你才会发现，刚刚度过了死。

向死亡寻求忠告是说，“如果死亡对你打个手势，或者你瞥见了它，或者你只要感觉它在那儿守望你，你就可以抛弃许多令人心烦的事。”[②]你就能发现属于你的最要紧的事，你立刻就学会了忽略，学会了重视。

---

①② 引自《前往伊斯特兰的旅程》。

想念死人是说，你要带着他的死，去活。那种活，不是以死为中心，是以孤独为中心。

然后，死，才开始存在。与其相关的活者，依其生前刻下的痕迹之深浅、之独特，依其给予活者的汲取，依其活者的回忆之力，而与其共在。

你的死，要这样在我的活里面活，那些存在过的态度，反应，角度，目光，表情，印象，心情，梦境，信念，幻想……还将生长，以你做根，潜入我的似水流年。

你的死现在落到了地上。

现在有点不一样。这些天，有一种很确凿的跟过去不一样的感觉，现在知道，真的有死，你真的死了。现在我知道了，在别人眼里，死是什么。现在那种恍惚感，需要一遍又一遍去确证死的感觉，来的越来越少，以至于几乎没有了。看见了自己在那儿，一个人，面对着可能长长的未来，看见了自己的处境，人间真实的处境。

摸着了这个世界，是好还是坏?

物质的孤单，物质的绝望，物质的漫长时光，再没有“操持”，没有“你”，没有“对象”，一个人。一个人，是可以活的吗？在什么意义上活?

小狄说，虽然更痛苦，但却是踏实的——这是他的经验？

李爽说，这是好事，真高兴你终于……知道了死。

看去年的日记，有一则写道："对你的死的意识，是我的活。必须承认你的死，我才能活。必须理解你的死，我才能活。"可见我其实是懂的，知道死落到了实处，才有可能活。

是终于吗？在期待之中？还是在必然之中？是必经之途？走向活下去的必须之途？

可仍然不知道，更加不知道，为什么活。

就好比，李爽说，你们俩，就像坐在天平的两端，互为依存，现在一边空了，剩下一个人，开始只是眩晕，只是恍惚，现在，虽然还坐在天平的秤盘上，但开始向四周张望，该怎么办？要么让自己也轻起来，变成鸿毛，要么，最直接的，如果还要活下去，就要起身离开，离开天平。离开才能看见那架天平：现在空了，实实在在地空了。看见那架天平，就是开始承认死亡，承认分离。承认，是敢于承担，是开始发现了自己的存在，是关注自己。看见自己是一个人，看见处境就意味着"规划"——站起来，往哪儿走？

——“规划”一个人怎么办，规划就是活下去。

看见了自己的处境才能决定，决定才有未来，有未来才是活着——这就是李爽欣喜的原因？

现在，死，对我来说，是物质的了，终于是物质的了。然而问题也更加切身，为什么活？活着做什么？

可以上班，可以阅读，可以旅行，但这都是次级的，是可以忽略的，根本的“热情”是什么？

要是不能给你写，不能活。

要是没有不断伸展的阅读，没有新的心得告诉你，不能活。

要是对你说的不能变成有品质的文字，不能活。

要是写不下去了，没得可写了，不能活。

什么热情也比不上为另一个人活。

这样的热情终究要在某一天毁于一旦。

这样的热情不能持续到自己的死。如果持续到死，无论是因此活不下去还是活下去了，都会让你死不瞑目。

要想出新的方式，让这样的热情持续。写，无疑是最好的一种；孤独，无疑是最大的保障；活下去，就是热情还在。

还是让他先死吧！那就意味着你的热情达到了最高的价值。

“你”什么时候变成了“他”，你就死了。

那些懂得死的人，也知道时间存在，知道时间一过，人就解脱，所以一开始他们痛哭流涕，之后，他们就问你，好多了吧，仿佛跟其他别的事情一样——其实就是跟其他别的事情一样？！时间对一切都一视同仁？！

我反复问自己，我为什么要写下这些？

因为不能不写。不能写，不写出来，就坚持不下去。就活在半空中，就恐惧活。

因为强烈的愿望。强烈的愿望，就是最充足的理由，愿望的真实足以预先确立了价值所在。

写，给你写，写我们，是我现在唯一想做的事，唯一以为有意义的事，唯一与你真正有关的事。你说，能够写作，就敢于活到老了。写，是一个人最好的生活方式。最自足，最丰富，永无尽头。我说，能够写作，就敢于一个人活了。

写出来，才跟什么真正的东西贴近了，没有空隙了，心才是实心的。

写出来的，就像保障，想念落成了想念，悲伤驱走了悲伤。

我写，是你的愿望。

他要是真的死了，他的愿望又怎么样？！

即使他不知道，我也想去做，不管现在他知不知道，只要是他的愿望，就是我现在最想做的事——唯一想做的事。

他为什么愿意我写？他想让我写什么？他还有什么话没有对这个世界说？

我想他最想说的是，没有说够的是：他让我幸福了，我也让他幸福了。

我写，我没有别的方式。写，就是还和他在一起，一起思辨，一起推敲，一起自省，一起满足。我不知道怎么办，我就写，就想象你在场，于是我就知道怎么办了，就知道了你的态度，就有了我的决定。

唯有写下来，才觉得自己存在，才能感觉到自己。思想和感受要有一种形式才能被触摸到？写下才能重复，才能被再一次触摸。重复才是存在？被关注、被意识到了才是存在，被写下了才是证明？即使“写下来的文字只不过是经历的渣滓”[1]。

虽然写下的微不足道，对自己，却巨大到足以支撑活下去。当发现写作如此困难，以至于有时写不下去的时候，那种隐痛异常剧烈。要是认真地怀疑这些写下的东西的意义，就想去死——也用不着不着急。

我问自己：如果不写，我会怎样？

里尔克说：“请你走向内心。探索那叫你写的缘由，考察它的根是不是在你心的深处；你要坦白承认，万一你写不出来，是不是必得因此而死去。”必须要问到这样的份上！

（你爱的人死了，你还活着。“在没有你所爱的人的情况下活着，是否意味着你远不如你所认为的那样爱他呢？”[2]——你是“应该”去死还是“想”去死？）

去死，我知道，我不会去做，虽然有时想，或许死了，就见到了你？我知道，我没有想见到任何人的愿望，没有想去任何地方的愿望，没有想跟任何人谈论什么的愿望，没有给任何人写信的愿望，没有做任何事情的愿望……一切——所有，我放弃掉全然无所谓。但我并不因为这样就想死。我没有想死的愿望。我知道，我有愿望，只有一个愿望，就是

---

① 卡夫卡语。

② 引自罗兰·巴尔特《哀痛日记》。

想写作，想写给你，想写下我与你。这个愿望如此强烈，是我唯一的光。唯有想到此，才能平静，才想好好过下去，一直活到写出好东西，那是你最期望、最欣慰的事，我确凿地知道。

必须坚持写下去，坚持写就是坚持活。

坚持就是要有紧迫感，天堂时间是在世俗时间之内的，就是好作品是在有限的生命时间完成的，因此要有紧迫感。坚持还是耐心，好东西或者说真理不是急出来的，必须有耐心，耐心就是“求完美”，失去耐心，就会使目的变成了手段。“求完美”，才能把世俗时间变成天堂时间，所谓使命，走正道就是使命。

你一直就是这样。就是说要活出好，活向最大的渴望、最大的心愿，活出最大的努力，尽全力不疏忽、不懈怠。这是你的活。

为什么要写作？要说出来，要表达？表达是人的特征？

世界上没有了你，就只有我。我，是不能活的。存在，是共在。“我与你”，是必须、必要，也足够充分。我把写，当作你。被“你”听到了才是在，共在。

那个教皇说："因而，人是这样一种存有：只有通过他人，他才能'是'（存有）。""……只有当人将爱理解为一种关系（即爱是一种来自他人的东西）时，他才能真正理解爱的特殊本质；从这点上来看，人的认知与此极为相似。只有当人的认知是'被知道的'时，他才能成为一种现实；也就是说，他来自'他者'。"还得引："……人的特点，就是（通过他者）找到自己的能力。"[①]

如果没有"你"，就是说，没有那独一个的"他人"，就只有支离破碎的许多个"他人"组成"你"，或者，连支离破碎的也没有，或者因为支离破碎而不想要，那就只剩下"写作"，不妨看作是虚拟了一个"他者"。当那具体的另一个临在没有的时候，写作就成了救命的，充当了广义的"他者"，"连接"着世界，保持着"关系"。

写作，不管是被真的知道——发表，还是被假的知道——放在抽屉，都是"被知道"的方式，至少是可能被知道。（发表，其实可能还是假的知道，因为你不知道被"谁"知道了，那些个"谁"不构成"我的"对象，其意义不知要差多少！）

所以，写作，要"让别人看到"？写作，就是进入世界？

写作就是"被知道"，就是"我被思，故我在"。写作，

① 引自约瑟夫·拉辛格《基督教导论》。

是诉说，只有诉说，才能在。

写作，也是为了记忆，为了来世，为了轮回，为了重现。对我来说，写作更是手段，是“与你”，是度过，是好办法，不然日子不知道怎么过去。你现在相信我了？知道我真的会去写，你肯定高兴，肯定。我现在的情形才真的是：生命的需要。（想起你写过的那段话了吗？你肯定也想起了，流着泪都觉着可笑，你一定也笑了。）真的，每一次觉得自己写的真糟糕，觉得这件事可能是我无法胜任的时候，我都有恐惧，对活下去的恐惧。

说起来夸张，可真的是，像加缪说的，写作的意义是为了不自杀。你也说过的。我是看着你一点一点地想，一点一点地写，我总说，你不像文学家，你就像在做数学题，一道一道地做，一个步骤也不落，孜孜不倦。你做的这道大题，就像你说的，占总分的六十分，这道题做对了，你的人生就及格了。

现在你死了，对我来说，题目变了，我得重新做。

一个人写作，就是对着墙，你说的墙：“墙，你要接受它，就这么一个意思反复申明，不卑不亢，直到你听见。直到你不是更多地问它，而是听它更多地问你，那谈话才称得上谈话。”

卡夫卡说，写作是一种祈祷的形式。对无奈的生活，我们只剩下了祈祷，什么也做不了。

写作，是加深痕迹，谷丹说：“他的在，永在，要靠深深的痕迹。”这痕迹，靠的是我（们）的关注。什么是关注，表面的写作不是，甚至记录和出版也不是，而是认真看和认真想，是真正地进入思绪，进入了我的思绪，就是进入了“传承”，进入了更多人的思绪，就是进入了“传承”。也好像是说，把我的思绪和你的连起来，把我们的和你的连起来，那样势能就还在，就能长。能量越大，痕迹就越重，就越容易被辨认。这一世：我才能不丢失“你”，“我”才能一直真正与你同在；下一世我认出你的可能就增大，就有望依然与你组成“我与你”。

关注才可能“在”，关注就是在，然后传下去，或者传过去。让你在下一世或者另一世事半功倍。让你的努力不白费，让积攒的势能依然在。

这个理由巨大。

写出来，是一个完成的仪式，一个不可逆转。一个求得完美的逼迫。一段期待的降临。

一桩企图的荣耀，与你有关的荣耀。

荣耀，就是不朽吗？人死了以后，他的荣耀于他还有意义吗？

柏拉图说，人的不朽，是通过记忆，是通过“生育”——通过生产审慎和其他德性，比如，“苏格拉底生产了最高形式的实践智慧”，梭伦“生育了法律”……[1]

我们凡人，只能注视不朽，注视也是上路（不朽之路），就是尽最大的力，做到最好。

你做了什么？

我说，你做的最大的事是：践行了诚实。

写作在你，正如巴尔特所言，是一个不及物动词，是一种人生状态，就是思之活。诚实的问答，带来了态度和视线，带来了“发生”和“生成”。你的生活和作品，都是诚实结的果实。

这痕迹，要被描深；这活法，要活下去。

---

① 见施特劳斯《论柏拉图的〈会饮〉》。

十八

关于政治哲学何以是第一哲学，这两天忽然有点明白。

还是引你说的，你说：“所以我还是相信，生的意义和死的后果，才是哲学的根本性关注。”[①]这没错，而一旦生的意义知道了，接下来只有做的问题，就是生存问题，人类、城邦的生存问题。死的后果知道搞不清楚，于是就剩下“政治哲学”了。就是说，事实上已经没有哲人，只有民人与哲人关系问题，只有民人怎样活好的问题，哲人想的也是怎样让民人活好；而人群里，只存在两种关系，一种是两个人的关系，另

① 引自史铁生《昼信基督夜信佛》。

一种是两个人以上的关系，一种可能是爱情，另一种必然是政治。于是，政治哲学就成了第一位的了，在这样的意义上，就有了“政治哲学是第一哲学”。似乎很简单，可能就是这么简单——会这么简单吗？

生的意义，只有“欲在”，但要爱，爱着做。死的后果，一直在“猜测”之中。所以你开始看《做梦的艺术》，对其中的“方法”竟也兴趣盎然。正因为人生的意义问题（人生观）已经“解决”，从而最知道对待神秘的态度，不会执着和依赖。这是一个前提和保证。

还有一点，想起来某个大师说的话了吗？有些人是肩负着使命的，而你不是，你是另一种人，你不代表也不属于，你是自己。

这些道理，难道没有懂过吗？你说，那知道过的，必得一次又一次地重新知道；懂得过的，还要再来一次，才能真的接近懂。这体会，我们有过多次。

但仍有豁然开朗之感。

但是仍然不停地、愚蠢地问：“为什么活？”

十九

仍然有新的纪念活动。——你该怎样感恩于这些朋友和读者。

可我依然不想去。怎么办？

你说还是老办法啊，诚实地先问问自己。

其实归根结底还是何老师的问题：做陈希米，还是做史铁生老婆？

有什么不同吗？

不同只发生在外面，在公共场合，在仅仅作为史铁生老婆的时候。比如参加纪念活动。

“你要坦然一点。”

坦然一点？像别人一样轻松还是像别人一样严肃？装作他没有死的样子还是装作不是他老婆的样子？当别人对你有要求的时候，有既定的期望的时候，你就肯定会想到自己“应该”的样子——某种意义上虚伪的样子。

“忘记你是他的老婆。”

如何忘记？怎样忘记自己是一个女人——在性别最凸显的情境里。

老婆的立场是注定的：企望他的荣耀，想念、哭泣、漠然……都是你，你不能也无法逃掉。而努力想要真诚，想要坦然，就是陈希米——那个史铁生的老婆。

坦然是：知道该如何做，于是从容地做。我知道“我要不去”，我应该不去，于是安静、坚决地说出“不去”。真正的坦然是：坦然地不去。

在同时又是史铁生老婆的时候（不是仅仅），对别人由对他的尊敬带来的对自己的善意，心怀感激，但一定要始终专注做陈希米。因为你不仅仅是史铁生老婆所以就不要仅仅作为史铁生老婆——除了在葬礼上。

你是陈希米，你才能是史铁生的老婆。

你是史铁生的老婆，就更应当是陈希米。

最该好好想的是：什么才是他所期望的。

二十

又到夏天了吗？算算日子，你离开竟然已经是第二年了——去年夏天我在哪里？是我自己一个人过来的吗？要仔细地想，那些日子里是不是真的没有你，确凿地发生在2011年的事，依然要费力地辨别，到底是在之前还是之后，因为那些之后发生的，和之前发生的一模一样，除了要用照片证明你不在场，除此之外，你全都在！那些发生的动作和决定里分明有你的气息，你的触摸，你的思索，一字一句都有，一瞥一笑都有，沉默和倾听也有。

然而，你不在的——有日历为证。

人们纪念复返的日子，以一年为纪。

可印度恒河的沐浴节，是十二年一次！难以想象的漫长，他们眼里的生命，那么耐久，他们心里的盼望，那么镇静，在这里，等待的意义也许更大—谁知道，那些神秘，我们不能知道甚至也不应该知道，我们的职责是等待。

下一个沐浴节何时来临？！我们还等得到吗？！

也许你想等，就等得到。

（我查到了，下一个沐浴节在 2013 年 1 月 14 日—竟这么近，指日可待。）

那标志着你离去的日子，将会一年又一年。

你的离去会成为常态，不是遗忘也不是忽略。是：那个位子要空着，终于习惯那个位子空着，永远空着。空着就是安慰，空着就是想念。对座无虚席则会诧异：你的不在在哪儿？

你抬起头来看，树那么绿，天那么高，云一直飘来飘去，从不停驻，如此无边无际的存在里，竟会没有你吗？我，我们，究竟在哪儿？我们是真实的吗？

树一遍又一遍地绿，顽固、耐心，从不停顿，不惜用尽所有的水分和养料，不管之前的冰雪和之后的烈日，只顾蓬勃饱满地绿着。你说，你看见了吗？那就是活下去的生命！

二十一

忽然觉得，我要告一段落了。

我该起身了，我该照着你说的，要把“一切黑夜的面死之思”，“反身投入到白天的爱愿”。

我终于知道，好好活，是活下去的唯一办法。

爱，则是唯一的通途。

其实你根本不管我，你只顾自己游荡，不管我，是因为你很放心？相信我会找到路，找到方法。知道那路必得自己来找，不自己找，就不能真正懂得该怎么做。李爽说：“他们那儿没有时间，因为他已经看到了你一年以后的情形，所以他放心。”所以你不管我？

有这样一段话，至少说得智慧：

> ……巴特疗伤的方式，就是在刺痛中重温存在的确定性。当存在不再是呈现于视线中坚固可靠的空间意象，而是作为一种绝对的“曾经”引发身心震颤时，离别就不再是一件难以忍受的事情，它甚至变得有点不可思议——离别是可能的吗？作为曾经的存在如何消失？①

过去我最喜欢“相信”这样的话，现在我知道这些不过是迷惑的“语词”，但还是抄了下来，安慰自己——那么，你，“你”将一直因为我的“思念”而存在下去，我们将一直共在。

我该出门了。那个教皇的书里说：“人通过无限地走出自己，才是真正的人；他越不将自己封闭于自己，他就越是真正的人。”我得试着去做。

因为有死，所以活在当下。

什么是活在当下，就是爱在当下。就是站起来，走出去，

---

① 引自汤拥华《一场罗兰·巴特式的告别》。

说出声音，写出字，看见别人——就看见自己。

把有限当无限活，才能活出“永恒”的可能。

要把死送走，要让“死”活下去。

因为太阳，“它每时每刻都是夕阳也都是旭日。当它熄灭着走下山去收尽苍凉残照之际，正是它在另一面燃烧着爬上山巅布散烈烈朝晖之时”[①]。

那永恒的“欲在”必将并已经开始另一段旅程。

我分明看见，那个抱着玩具从山洼里跑上来的孩子，那个普林斯顿在草地上捉萤火虫的孩子，当然是你，我认得出，一定是你。

2011—2012

---

① 引自史铁生《我与地坛》。

作者简介

陈希米，女，1961 年出生。1982 年西北大学数学系毕业。1989 年与史铁生结婚。

现做编辑，供职出版社。

图书在版编目（CIP）数据

让“死”活下去 / 陈希米著 . — 长沙：湖南文艺出版社，2018.2
ISBN 978-7-5404-8410-1

Ⅰ . ①让… Ⅱ . ①陈… Ⅲ . ①散文集 — 中国 — 当代
Ⅳ . ① I267

中国版本图书馆 CIP 数据核字（2017）第 313164 号

上架建议：名家经典 / 当代散文

RANG “SI” HUO XIA QU
让“死”活下去

作　　者：陈希米
出 版 人：曾赛丰
责任编辑：薛　健　刘诗哲
监　　制：于向勇　秦　青
策划编辑：楚　静
营销编辑：刘晓晨　罗　昕　刘　迪
装帧设计：张丽娜
插图设计：潘雪琴
出版发行：湖南文艺出版社
（长沙市雨花区东二环一段 508 号　邮编：410014）
网　　址：www.hnwy.net
印　　刷：三河市天润建兴印务有限公司
经　　销：新华书店
开　　本：880mm × 640mm　1/16
字　　数：200 千字
印　　张：6.5
版　　次：2018 年 2 月第 1 版
印　　次：2018 年 2 月第 1 次印刷
书　　号：ISBN 978-7-5404-8410-1
定　　价：39.00 元

若有质量问题，请致电质量监督电话：010-59096394
团购电话：010-59320018